謝征達 著

本土的現實主義

詩人吳岸的文學理念

本書榮獲中華民國周夢蝶詩獎學會
第一屆周夢蝶詩獎

從吳岸俯瞰砂華文學

李瑞騰

　　從上世紀末以來，我一直關注砂拉越華文文學的發展，進行過專題研究，去過幾趟，也寫過幾篇論文，但不足以成書，常引以為憾。對於被稱為拉讓江畔詩人的吳岸，讀了他許多作品，也曾幾次想好好討論他，卻都被諸多因素干擾而未成。

　　2015年8月，吳岸於北上中國南返砂拉越途中，因肺部感染而病逝於西馬霹靂州曼絨。隔年，我曾擬妥〈古晉・砂拉越・婆羅州─吳岸詩中的鄉疇〉的寫作計畫，摘要如下：

　　　　吳岸（1937-2015）是砂拉越最具代表性的華文詩人，出生於古晉。15歲時就開始寫詩，處女詩集《盾上的詩篇》於1962年出版。1966年，吳岸因參加砂拉越獨立運動，入獄十年；後繼續創作，已出版詩集《達邦樹禮讚》、《我何曾睡著》、《旅者》、《榴連賦》、《生命存檔》、《破曉時分》及多部評論文集，在海峽兩岸都出版有詩之選集。

　　　　古晉是東馬來西亞砂拉越州的首府，砂拉越是馬來西亞在婆羅洲島上的一個州，從古晉到砂拉越、到

婆羅洲，空間不斷擴大。本文將從吳岸之書寫古晉、
砂拉越、婆羅洲，來看他詩中的鄉疇，進一步看他不
同層次的鄉情。

「鄉疇」具空間性，通常是足跡所至，可織綴而成一張
輿圖；而個別詩文本的寫作，必有特定的時點，可連成屬於
個人的詩之史脈，鄉情因之而層層疊疊。我私想，這是討論
吳岸最好的方式。

我後來沒能寫成這篇論文，常感遺憾。等於說，我在吳
岸的研究上一無所成，所以，當我應邀參與首屆周夢蝶詩獎
的評論類決審，發現《本土的現實主義——馬來西亞砂拉越
吳岸的文學理念與作品研究》時，一方面是深感慚愧，一方
面則大為嘆服後生可畏。

論文的作者是來自新加坡的謝征達，他是南洋理工大
學中文系學士、碩士，現於香港中文大學中文系攻讀博士
學位。在讀碩士班的時候即曾以《方修的現實主義系譜及其
爭議研究》榮獲方修文學獎的文學評論獎，《本土的現實
主義》是他的碩士論文，從該論文長達20頁的附錄〈吳岸訪
談〉看來，征達對於吳岸是下過工夫的，且這訪談文稿，很
可能是吳岸最深入而全面的自述。

征達從現實主義與本土性的兩個重點屬性來論吳岸，
不只彰顯了吳岸文學的整體性，也舖陳了吳岸所從屬的砂拉
越華文文學，這正是他所說的「以吳岸為個案研究，俯瞰砂
華文學的整體發展」。我從這裡看到了征達的學術趣味與企
圖，他把砂拉越視為一個文化空間，通過吳岸的詩之示例，
以證成砂華文學的獨特性。寫實既是態度，也是方法，其獨

特性是否即他筆下所紀之所見與所在？是否即地誌與記憶之書寫？當他從觀察他者返身映照自我本土，他如何描繪這個斜斜掛在赤道上的美麗的盾？如何敘寫失所依歸的伊班等原住民族，乃至於日漸遭到破壞的雨林？

在凝視空間、族群、文學的互動中，征達有了一個很好的起點。吳岸被稱為拉讓江畔的詩人是有道理的，他屬於全砂拉越，北寫姆鹿山，南繪古晉和砂拉越河；他堅持本土的現實主義，以此信念並勇於實踐，征達追蹤他的體驗，抵達了砂華文學的核心地帶。

本文作者：中央大學中文系教授，文學院院長，人文研究中
　　　　　心主任。

在場的現實

游俊豪

　　在南洋理工大學，我開設的華人研究與離散文學課程，來上課的同學當中，謝征達是表現優異的一位。他願意投入原始文獻的考究，主動開拓理論與概念的學習，能夠提出創新的角度與框架。他的本科畢業論文分析馬華文學史專家方修，結果拿了「方修文學獎」評論獎。本科將要畢業的時候，有一天在人文學院走廊擦肩而過，他回頭說要修讀碩士學位，我說沒問題。當然能夠，他那樣努力認真。他跟我讀碩，選了吳岸與現實主義為課題，如期完成，也就是現在出版的這本《本土的現實主義：詩人吳岸的文學理念》的基礎，榮獲「第一屆周夢蝶詩獎」。

　　他前往香港中文大學攻讀博士學位，比較香港與新加坡兩地的文學，也是如期完成。他非常善於規劃，你跟他熟絡了，就會像我一樣，不會訝異於他的按部就班，穩打穩扎。然我經常對他仍有好奇：到底是怎樣的理念與精神，讓他致力於東南亞文學的研究，以至於學有所成？像他這樣一位新加坡土生土長的年輕人，視野涵蓋東南亞華文書寫，實屬不容易。所以我不得不感動，那樣的在場現實，始終是他心靈的關懷。

東南亞場域，多元而龐雜，非當今流行的「馬華文學」、「華語語系」所能概括。在這不停變動著的空間裡，華人與其他種族長久互動，建構自己的主體性，也構建共同的體制。按歷史脈絡來說，土著政權、歐洲殖民、外來移民、現代國族、地理政治等概念與勢力，相繼湧現，相互衝擊。如此錯綜複雜，唯有把握在場的話語，視察內部性質如何接連外部元素，研究才不偏離，立論才不偏頗。

《本土的現實主義：詩人吳岸的文學理念》，聚焦吳岸的行為事跡與文學書寫，檢閱現實主義如何落地行走，探討砂華文學如何起立發展。謝征達的論析，線條清晰，架構合理，通過整理「現實主義」的發展軌跡，採用「空間」與「地方」的審視角度，呈現兩個重要題旨。其一，現實主義傳播到砂拉越，反映「此時此地」的任務雖然不變，但再現的周圍元素已然轉向。其二，「現實主義」轉向所及，砂華文學因此而生，有別於中國文學，馬華文學。為何如此，何以如此，這本論著在理論上、實證上都進行了深入的討論。

Monica Ali在2003出版的著名小說Brick Lane（磚塊的巷弄），挪用後殖民的詞語，採取現實主義手法，再現孟加拉婦女在倫敦的境遇。學者Alistair Cormack 評議這部小說，指出現實主義不夠尖銳：「現實主義未必等同於文化保守主義，但它似乎阻攔更為激進的主體性概念，而這概念對後殖民的認識論事關重要。」[1] 雖然如此，卻也確認了寫實主義的價值，在於取得控制：「現實主義不只關於模擬，也

---

[1] Alistair Cormack, "Migration and the Politics of Narrative From and the Postcolonial Subject in *Brick Lane*," *Contemporary Literature* 47(4) (Winter, 2006), p. 697.

關於動作與運動、歷史的進程 ⋯⋯ 這種演進，是個別的發展 ⋯⋯ 從歷史勢力的被動客體，轉變為在一個控制的位置上。」[2]

　　謝征達《本土的現實主義：詩人吳岸的文學理念》，就是將砂華文學與現實主義妥當安置，放回該放的地方，不讓它們被控制、被擺布。

2017年9月寫於新加坡

本文作者：南洋理工大學中文系副教授，中文系主任、華裔館館長、中華語言文化中心主任。

[2]　同上，p. 712.

目次

緒論

砂華文學與吳岸的定位

俯瞰馬華文學史的發展脈絡，其發展走向可從兩條研究線路進行探索。一、文學思想研究，即現實主義、現代主義等不同文學內容、思潮與文化面向的創作模式，意在從文學審美中找尋砂華文學的脈絡。二、本土或全球議題，強調個體與空間的關係，反思社會變遷、群體流動所帶來的環境變化，著重對社會環境的關注。這兩條線路與砂拉越華文文學（簡稱：砂華文學）的發展息息相關。正當馬來半島的作家們與旅臺馬華作家各自大放異彩時，與馬來半島相隔於南中國海的砂拉越洲華文作家群體卻在自己的文學場域中「自給自足」，築造足以媲美西馬與旅臺作家的文學舞臺。

陳大為（1969-）在〈當代馬華文學的三大板塊〉這篇具啟發意義的文章中將馬華文學的整體面貌分為「旅臺」、「西馬」與「砂華」三大文學板塊，以三足鼎立的形態勾勒出馬華文壇的輪廓。

> 旅臺作家一向以臺灣文學為根據地，發展出另類的馬華文學面貌……東馬作家也有一塊豐碩的婆羅洲雨林，光是自然寫作的素材就取之不盡了，何況還有砂共事跡、多元種族文化等創作原料。西馬獨享六百年的殖民地歷史資源，即可回溯城鄉發展下的社會、文化解構之變遷，又可發展潛力無窮的（都市）地志書寫。[1]

縱使陳大為強調東馬華文文學場域寫作「資源」的豐碩，並將砂華文學列為馬華文學三大板塊之一，然卻也難掩

---

[1] 陳大為：〈當代馬華文學的三大板塊〉，《思考的圓周率》（雪蘭莪：大將出版社，2006年），頁80。

對砂華文學發展的自主力量憂心忡忡，並表示：「東馬文學
（包括砂拉越文學）依舊沒有受到該有的重視，彷彿它只是
西馬的一部分，不必太過強調它的存在」。[2] 就文學位置而
言，華文文學在馬來西亞並不在國家文學行列，而被定位在
族群文學，屬外來語文學。從地理位置來說，砂拉越也與馬
來西亞的主要資源中心及經濟命脈的馬來半島相隔於一片南
中國海，邊緣處境顯而易見。換言之，砂華文學是一個國家
體制內的外來語地方文學。再者，倘若將時間點拉回至反殖
民時期的馬華文學，從歷史發展也能得知當時的馬華文學在
很大程度上深受中國文學的影響，甚至可說是與中國文學血
脈相連。[3] 因此，與中國文學尚未釐清關係的馬華文學，加
上砂華文學在馬來西亞文學體系中本就尷尬的位置，砂華文
學的地位在語言與地方上自主存在的意義更備受質疑。

---

[2]　同上，頁56。

[3]　砂華文學史田農（田英成，1940-）指出馬來半島、新加坡和婆羅洲的華文
文學作品使用同樣的語言文字，具有同樣的文學傳統，甚至在文學作品的
表現方式、體裁、流派與風格等各方面，都有共同之處，可以說是中國新
文學的支流。田農：《砂華文學史初稿》（砂拉越：砂羅越華族文化協會
叢書，1995年），頁1。

一、砂華文學的脈絡觀察

　　砂華文學的整體脈絡可簡略分成三個時間段：一九五六年以前，一九五六-一九九〇年，一九九〇年後。第一個時段是一九五六年以前，此時的砂華文學處於向中國文學靠攏的狀態，可視為在中國文學底下的邊緣（分支）文學。黃妃在《反殖時期的砂華文學》中將砂華文學追溯回一九一三年，以天主教神羅拔摩斯在古晉和中國辛亥革命分子創辦的《新聞啟明星期報》（1913）為例，指出在二十世紀的二〇和三〇年代在砂拉越已有文藝出現，是砂華文學的起始階段。[4] 一九五〇年始，人民對於砂拉越的殖民地政府開始不信任，再加上一九四九年，新中國成立後的政府表示不再堅持雙重國籍，此時的砂拉越也開始了與殖民政府的獨立鬥爭，「去」與「留」成了這時期的重要抉擇，要如何選擇自己的居留地（中國或砂拉越）是當時華人迫切面對的問題。

　　第二個時間段在一九五六年後，砂華文學已成為國家文學（馬來西亞文學）以外的地區文學。這些決定留在砂拉越的砂華作家，後來促進了砂華文學在一九五六年之後本土性特質的成長。由於當時砂拉越的社會及政治極不安穩，多數作家選擇以現實主義手法作為關懷社會與反映現實的利器。有鑒於此，反殖民與反侵略情緒為砂華文學注入了強烈的政

---

[4]　時間與其相關論述可參考黃妃：《反殖時期的砂華文學（1956-1962）》（砂拉越：砂拉越華族文化協會，2002年），頁3。

治本土與現實主義氣息。與中國文學的現實主義不同的是，砂拉越的現實主義作家們「華僑」的身分逐漸轉弱，開始對自己的居留地懷有認同，開始了「砂拉越，我的祖國」的口號。[5] 相較於馬來亞在一九二〇年代的僑民文藝與馬華文藝獨特性的論爭，砂拉越的文學場域並沒有明顯直接參與論爭的痕跡，而是在近乎同一時期實踐具有地方色彩的文學。[6] 由於砂華文學在地理位置上較為偏遠也相對封閉，其特色在馬來西亞文學中的整體發展中不算突出，也較少人深入探究。

第三個時段、本土（砂拉越在地性）與旅臺（想象婆羅洲）的兩營對壘，故本論文希望建立其在文學史上到地位，將視線導向砂華文學在本土題材的拓展。砂拉越華文文學在地方色彩的展現到了一九九〇年代以後達到極致。砂拉越文化研究者沈慶旺（1957-2012）認為砂華文學的獨特性在這時期的不同社會層面有了明確的建立，並表示「寫作人從本鄉地理環境、歷史、多元種族社會的結構、社會背景發掘大量的創作題材，造就了砂華文學的獨特性。」[7] 值得關注的是，地方性書寫除了原有的現實主義作品外，這時期也開始流行起「想象或虛構的砂拉越地方書寫」。「旅臺」馬華作家如李永平（1947-）、張貴興（1956-）等將砂拉越的地方書寫以「想象婆羅洲」的方式進行創作，獲獎無數之外，也廣受文學界好評。然而，「想象婆羅洲」的書寫雖有讚賞

---

[5]　田農：《砂華文學史初稿》，頁6。

[6]　黃妃：《反殖時期的砂華文學（1956-1962）》，頁12。

[7]　沈慶旺整理：〈雨林文學的回響：1970-2003年砂華文學初探〉，陳大為、鐘怡雯、胡金倫主編：《赤道回聲：馬華文學讀本II》（臺北：萬卷樓圖書股份有限公司，2004年），頁609。

卻也面對一些批評，特別是來自砂拉越本土作家。砂華本土作家田思（陳立同 [應桐]，1948-）便直言張貴興的《群象》是「失敗之作」，並認為小說「扭曲了婆羅洲的真實面貌……『離譜』的描寫比比皆是，有時到了令人難以卒讀的地步。」[8] 在砂華文學與旅臺文學對話不斷的狀況下，吳岸長期以來卻也不主動參與當中論述，只專注在現實主義對本土寫作的堅持。其他評論者在討論吳岸時也總無法脫離現實主義特色及本土性書寫這兩個主題。有鑒於此，下述將以綜合不同的研究模式深入吳岸書寫中現實主義與本土性的雜糅特質，試圖探究吳岸「本土的現實主義」文學書寫。就理論而言，現實主義是吳岸信奉的寫作模式，並認為現實主義強化了其文學的創作與深度。因此，以下有必要先對現實主義與本土性的基礎概念分別釐清。

---

[8]　沈慶旺整理：〈雨林文學的回響：1970-2003年砂華文學初探〉，頁635。

二、現實主義、本土性

一個相當普遍的觀念認為，寫實主義是種「無風格」
（styleless）的風格或是種空靈透明、如實「反映」
或「重現」人生（transparent）的風格，是對眼睛所
見的現實進行一全然的模擬或如照鏡般的映照……此
一觀念是過度的簡化，因為寫實主義並不是對現實的
全然放映（任何其他藝術流派亦都不是）[9]

琳達・諾克林（Linda Nochlin, 1931-）

一切真正的藝術品都表現人在世界上存在的一種形
式。由此得出兩個結論：沒有非現實主義、即不參
照在它之外並獨立於它的現實的藝術；這種現實主義
的定義不能不考慮作為它的起因的人在現實中心的存
在，因而是極為複雜的。[10]

羅傑・加洛蒂（Garaudy Roger, 1913-2012）

上述兩段句子顯示了作為藝術技巧的現實主義可能招致
質問的模糊地帶。第一段引文點出了現實主義一味專注「反
映」，「重現」等技巧導致了現實主義創作特色的蒼白，陷

---

[9] 琳達・諾克林（Linda Nochlin）著，習筱華譯《寫實主義》（Realism）
（臺北：遠流出版事業股份有限公司，1998年），頁5-6。
[10] 朱崇科：《本土性的糾葛：邊緣放逐・「南洋」虛構・本土迷思》（臺
北：唐山出版社，2004年），頁104。

入「無風格」處境。第二段引文則是法國批評家羅傑‧加洛蒂的「無邊的現實主義」評論觀點。現實主義的特質與定義不斷被無限擴大、膨脹，模糊了現實主義作品的標準，甚至有將非現實主義作品歸納為現實主義作品之嫌，一些問題也因而產生。例如，現實主義如何定義？具備什麼特質的作品才是現實主義作品？這些種種疑團或許應回到理論根源，逐步釐清現實主義的書寫特質，方能讓我們對吳岸作品中的現實主義研究有更好的掌握與理解。

現實主義的定義與促成元素持續處在不確定狀態。然而，唯一不變的是日常中的「當代」是現代主義所密切關注的原則，當下的再現是現實主義的重點所在。時代與日常的討論在現實主義文學中大放異彩。雷夫‧哈比卜（M.A.R Habib, 1954- ）為現實主義的定義提供了精簡扼要的解答。他解釋現實主義的主要目的在於對真實世界（包括外在世界與內心世界）講求真實（truthful），準確（accurate）與客觀（objective），強調的是對事物進行直接的觀察，重視真相以及經驗累積。[11] 另一位學者琳達‧諾克林則從畫與文學的視角對現實主義性質進行解釋。首先，她認為「寫實主義者縮窄了他們在時間及情感方面的視域，卻擴大了他們在題材方面的視域。」[12] 人物的塑造也是如此，英雄人物不再突出，日常生活中的平民百姓成了最應該關注的主體。除了空間，時間也是一個重要元素，即是要反映當下。諾克林進一步以畫為例解釋「唯當代者方可入畫」的概念：「一切的歷

---

[11] M.A.R Habib, Literary Criticism from Plato to the Present, (West Sussex: Wiley-Blackwell, 2011), p. 169.

[12] 琳達‧諾克林著，習筱華譯《寫實主義》（Realism），頁30。

史畫都應當是當代歷史畫。每個時代都必須有它自己的藝術家，其能表達那個時代，且能為未來複製那個時代。」[13] 因此，現實主義者所理解的歷史不在過去，而是重視當下的描寫或刻畫。他們相信自己便是身處於歷史正在創立的年代，唯有透過重視當下所發生的重要事跡，並且將「當今」保存為重要的未來歷史才有意義。此外，「經驗」在現實主義的性質中扮演舉足輕重的角色。作者應該盡力體驗生活，才能將經歷轉化為有意義的文體。[14] 因此，在現實主義的作品中，經常對於日常物件或事件上詳細刻劃，題材上總不免有作者的經歷，或細述當下語境。

　　然而，現實主義的原則與文學虛構性卻存有不協調之處，特別是小說中的虛構性對如何能對現實當下做出最「真實」的反映，致使文學似乎與現實主義理念形成悖論。安敏成（Marston Anderson，1953-1992）在《現實主義的限制：革命時代的中國小說》中從宏觀視角提出現實主義作品的兩種層面：「一為對社會的『客觀』反映層面；一為自覺的寓言層面。」[15] 然而，這兩種性質似乎過於籠統，「客觀反映」與「寓言」也可涵蓋真實與虛幻的兩種不同面向的書寫模式。對此，安敏成進一步提出了一個現實主義文學中本身具有的悖論，並指出：「小說（Fiction）意旨著一個想象的世界，它產生於作家積極的創造力實踐；但同時，現實主義宣稱在文本與世界之間存在著一種理想的對應性，這又暗示

---

[13]　同上，頁23。
[14]　同上，頁10。
[15]　安敏成著，姜濤譯：《現實主義的限制：革命時代的中國小說》（江蘇：江蘇人民出版社，2001年），頁8。

著對作家創造者身分的抹殺」。[16] 那麼，現實主義在文學文本中就無法體現了嗎？不然。這當中有一個現實主義的根本特性觀。

> 在現實主義真實性訴求當中，有一點十分重要，那就是它假定了作品直接產生於對生活的描摹，而非源於其他作品。這意味著一部現實主義作品，不但要否認以作家想象力為起點，還要否認它對傳統文學範本的借鑒；它必須宣揚一種基本的獨創性。[17]

「作品直接產生於生活的描摹」的論調在某種程度上推翻了應該重視文學文本的虛構性和創造者的身分，也否定了文學、文本與其他文本之間的存在關係，作品的唯一泉源是「生活」，生活與文學有了直接的對應關係。這種對應並非「複製」，而是一種獨創，生活寫作相關面向對於閱讀吳岸的現實主義詩歌是個重要視角。所以，吳岸的現實主義作品中，其本土意識若被抽離，則無法突出其作品中的風格。

從比較研究來說，安敏成堅稱中國現實主義小說與西方現實主義理論不應該做出直接的平等對讀。他主張中國傳統文學「從未發展過這種支配了西方美學討論的模仿理論」。[18] 東方與西方的現實主義既有差異，當延伸至馬華文學的現實主義研究時，便有必要重新檢視現實主義的特性。將馬華現實主義文學直接與中國或西方現實主義文學畫上等

---

[16] 同上，頁10。
[17] 同上，頁11。
[18] 同上，頁14。

號也因為砂華文學有自我的獨特性而顯得不明智。然而，作為現實主義的寫作主題，深入觀察現實主義文學與地方色彩的關係至關重要。然而，這當中也有可對應之處，中國鄉土現實主義作家在現實主義與鄉土性的結合實踐，特別是三〇年代的現實主義作家，他們「刻骨銘心地關注中國特殊區域內獨特文化、農民語言特點或者鄉村生活」，如以四川鄉村為寫作背景的沙汀，描寫中國西南與緬甸農民的艾蕪、安徽的吳組緗等。[19] 就現實主義與本土性的模式而言，與吳岸所堅持的現實主義與本土性有著相當類似的呈現。

關於本土性的研究方法會以三種不同範例進行探究，分別為全球化本土性、臺灣鄉土性與新馬本土性。首先，全球化範例的主要研究從兩位全球化學者，研究中國文化的土耳其學者德里克（Arif Dirlik, 1940- ）與印籍學者阿帕杜萊（Arjun Appadurai, 1949- ）的全球化理論思維作為切入點，探查本土性在全球化發展下扮演的角色。具體闡述以德里克的接觸領域（contact zone）與阿帕杜萊的「鄰坊」（neighbour）論述試圖理解本土性的形成及釐清其背後發展的複雜層面。

德里克以地域之間的碰撞與文化交流的激盪，詮釋全球化底下本土性的發生，其用意在透過宏觀視角審視本土性與全球化的關係。另一位學者阿帕杜萊則透過本土知識（local knowledge）的「製造」，以「鄰坊」來指稱地方性。[20] 與德里克的由外而內的全球化與本土性知識的撞擊理論不同，

---

[19] 同上，頁196。

[20] Arjun Appadurai, *Modernity at Large: Cultural Dimensions of Globalization*, (London: University of Minnesota Press, 1998),p. 255.

阿帕杜萊的理論著重在本土知識的產生，由內而外的流動影響其他領域，為本土性的知識傳播提出詮釋。德里克在中華文化上也解析獨到，他強調文化的衝擊並非受到幾個中央核心的主文化的影響，而是與地方性文化在「接觸領域」的撞擊而產生的後果。[21] 我們能透過德里克的觀點來審視砂華文學與其他文學體系的互動，及解析吳岸作品中不同空間的撞擊。宏觀而言，德里克也強調「接觸領域」已超越國家及任何文明，政治經濟體制。重要的是人與人之間互動後產生社會上的接觸和最後的文化建立。[22] 因此，德里克的「接觸領域」理論放在吳岸的研究時，可挖掘吳岸作品中與他者的關係，包括與中國，西馬，新加坡，臺灣等的地域接觸與人的流動之後的本土立場。此部分的論述會在第三章中作出細部說明。

　　阿帕杜萊則強調，地方性並非階序或空間，而是有關係性，脈絡化的，並解讀地方性是「由一系列的連結所構成：社群直接相處的感受、各種互動的科技還有脈絡的相對性」。同時，他提出了地方性脈絡化的三個層面：「一、現代民族-國家越來越傾向於以自身的忠誠與結盟形式來定義所有的鄰坊；二、領土、主體性和集體社會運動越來越脫鉤（disjuncture）；三、由於電子媒介的力量與形式，空間式和虛擬式鄰坊的關係亦持續消解。」[23] 放在吳岸的作品研究的思考上，該論述著重在世界性與本土性如何對砂拉越及其砂拉越周邊地域產生影響。主要關注放在吳岸如何透過作

本土的現實主義：詩人吳岸的文學理念

024

---

[21] Arif Dirlik, *Culture & History in Post-Revolutionary China: The perspective of Global Modernity*, (Hong Kong: Chinese University Press, 2011), p.160.

[22] Ibid.

[23] Arjun Appadurai, *Modernity at Large: Cultural Dimensions of Globalization*, p. 270.

品，創造出能夠刻畫砂拉越或古晉歷史的詩篇，並向讀者展示本土（砂拉越／古晉）視角與世界的聯繫。

本土性的第二個範例是臺灣的鄉土文學。陳芳明（1947-）在梳理臺灣文學史的脈絡時提出兩次鄉土文學的發展。首先，鄉土文學在臺灣的發跡起於一九三〇年代，並與幾個重要歷史事件有關，如「日本資本主義、帝國主義與現代化」整體論述傾向於鄉土文學是事件發生後所產生的「文學回應」。具體而論，一九三〇年代的臺灣文學在性質上有兩個重要層面：第一，文學不可能脫離現實而存在，作家應該撫觸社會的脈搏，在生活中挖掘文學的題材。第二，語文的使用應該照顧到廣大的民眾。[24]

第二波的鄉土文學則在七〇年代開始，當時臺灣政治與社會問題的發生，讓重視外地的臺灣知識分子「面向本土」，並尋求另一種思想（社會主義）的可能性。[25] 可繼續再思考的是，鄉土性除了是一種「回歸」與「反省」，也是突出自我文學獨特性的方法。臺灣鄉土作家吳濁流（1900-1976）提出臺灣需要有本土文學的原因，並強調：「法國的象徵主義、俄國的寫實主義、德國的存在主義、英國的浪漫主義，都不足以概括臺灣文學的真實與臺灣社會的現實。」[26] 本土性寫作的特質在全世界都不一樣，它的發生在各處也皆有其緣由，顯示文學本土性在各地文學中存在的必要。砂華文學的處境亦是如此，當其他地方的書寫主題、內

---

[24] 陳芳明：《臺灣新文學史》（臺北：聯合文學，2011年），頁102。
[25] 呂正惠：〈七、八零年代臺灣鄉土文學的源流與變遷：政治、社會及思想背景的探討〉，陳大為、鐘怡雯主編：《二十世紀臺灣文學專題I；文學思潮與論戰》（臺北：萬卷樓圖書股份有限公司，2006年），頁269-281。
[26] 陳芳明：《臺灣新文學史》，頁482。

容、手法等都無法「概括」砂拉越的真實面貌時，本土的現實主義就成了一種必然崛起的寫作策略。鄉土文學是臺灣現實主義思潮的主流，就文學理念而言，臺灣鄉土文學與砂華文學在反殖時期近似的是文學深受政治論述的影響。其中，砂拉越所關注的是反殖民政府鬥爭等政治事件，臺灣鄉土文學則傾向書寫在經濟蕭條底下的農民與工人的生活。[27] 兩地的現實主義作家皆因現實的動蕩不安以書寫的模式提出能讓社會改進的批判論述，文學與地方產生出一種相互對話的可能。

　　新加坡與馬來西亞本土性範例的歷史展現可分成兩個時間段。一、一九二〇年代末的本土意識的萌芽。二、二戰之後，一九四七－一九四八年的「馬來亞文藝獨特性」爭論中本土意識作家的興起。[28] 一九二〇年的本土意識倡導者主要有張金燕（1901-1981）、陳煉青（1907-1940）、曾聖提（1901-1982）等人，他們主要對抗的是受到中國無產階級影響的「新興文學」作家群。當時，信奉馬華文學是中國文學支流之一的「新興文學」與堅持馬華文學必須反映本土色彩的「南洋文藝」成了馬華文學領域中兩股壁壘分明的勢力。[29] 本土意識在二戰之後重新覺醒，為期一年的「馬來亞文藝獨特性」論戰終於在一九四八年結束。一九四八年，由

27　同上，頁137。

28　關於新馬華文文學的歷史發展，游俊豪在〈淵源、場域、系統：新華文學史的結構性寫作〉中對於新馬華文文學由戰前至戰後的文學史發展做出脈絡式梳理。參閱游俊豪：〈淵源、場域、系統：新華文學史的結構性寫作〉，《移民軌跡和離散論述：新馬華人族群的重層脈絡》（上海：三聯書店，2014年），頁175-192。

29　李麗：〈中國左翼文學思潮對馬華文學的影響〉，《文藝理論與批評》第2期（2001年），頁38。

本土作家周容（陳樹英，1912-1988）領導要求清算僑民文藝，號召清算「手執報紙而眼望天外」的中國作家。除了本土作家的施壓，大環境局勢的轉變也決定了本土意識寫作的勝利。殖民政府與馬共的對抗導致了緊急狀態。後來，因應中華人民共和國的建立，雙重國籍制度的取消，導致許多「中國傾向」作家如胡愈之（1896-1986），汪金丁（1910-1986）等人紛紛回中國。在這之後，本土作家很自然地開展並在之後的歲月延續了本土意識的寫作。

在新馬本土性研究方面，朱崇科（1975-）將本土性這個詞進行解說，並界定馬華文學的本土性為「馬來西亞華人的立場、精神、視角與意識」[30]，並將本土性的三個層次：「一、本土色彩：本土自然風情與人文景觀的再現；二、本土話語：馬華歷史情境中對中文的再造與發展，也是馬華文化凝結的載體；三、本土視維：文學書寫中本土精神或意識的自然又顯著的流露」。[31] 這三種說法固然皆試圖定位本土性的特質與範圍，但卻並未細述「本土」書寫中所具的內涵與界限，缺少探討本土與「本土以外」的建構與消解。

---

[30] 朱崇科：《本土性的糾葛：邊緣放逐‧「南洋」虛構‧本土迷思》（臺北：唐山出版社，2004年），頁xiii。

[31] 同上，頁xiv。

三、為何／如何吳岸？

　　早期馬華作家杏影（1912-1967）將「拉讓江畔詩人」
譽讚吳岸（原名丘立基）在砂拉越詩壇的貢獻。吳岸出生
於一九三七年七月二十四日，是馬來西亞砂拉越古晉人。[32]
吳岸十五歲開始寫詩，以作品而言，從一九六二年出版的
第一本詩集《盾上的詩篇》至二〇〇八年出版的《美哉古
晉》，吳岸的創作年分橫跨半個世紀，這股持續創作的動
力在馬華文壇實屬罕見。此外，其詩集也受到華文學界以
外的關注，翻譯成英語（*A Tribute To The Tapang Tree*）及馬
來語（*Gulombang Rejang*）。[33]吳岸曾擔任過擔任砂拉越華
文作家協會會長、馬來西亞華文作家協會會長、亞洲華文作
家協會理事、東南亞華文詩人筆會常務理事等職位。在個人
成就方面，吳岸獲砂拉越洲政府頒發華族文學獎（1995），
《崢嶸歲月》文學成就獎（1995），馬來西亞最高元首頒
發的KMN護國勳銜（1997），馬來西亞第六屆大馬華文
文學獎（2000）及國際華文詩人筆會頒「中國當代詩魂金
獎」等。

---

[32] 丘立基也採用過其他筆名如達雅、顧亦遠、葉草、戚寂乾、羅程、江山
　　川、趙辭。這些筆名在黃妃《反殖時期的砂華文學》「五〇至六〇年代
　　古晉地區活動的重要寫作人」列表可查閱。黃妃：《反殖時期的砂華文
　　學》，頁156。

[33] 吳岸：*Gulombang Rejang*（吉隆坡：大馬譯創會，1988年）；吳岸：*A
　　Tribute To The Tapang Tree*（吉隆坡：大馬譯創會，1989年）。

一九九〇年代末期，學術研究氣氛一向低迷的馬華文壇，先後舉辦了三場重要的學術研討會，其中專論東馬文學的只有兩篇，一篇討論梁放（梁光明，1953-），即林建國的〈有關婆羅洲的兩種說法〉，另一篇討論吳岸，即陳月桂的〈吳岸的哲理詩〉。雖然九〇年代砂華文學在評論方面並不熱烈，但從吳岸作品受到關注的現象，可窺探出吳岸在馬華文學中具有的代表意義。陳大為觀察到張光達（1965-）在〈試論九十年代前期馬華詩歌風貌〉中雖然對西馬與旅臺作家作出詳細論述，但卻獨獨忽略「整個東馬詩壇」。然而，張光達雖缺少對砂華文壇概況的論述，但卻對於吳岸及其詩作多有重視。他在其評論集《風中的一支筆》中的首篇評論便以砂拉越詩人吳岸為研究人物，並給予高度評價：

> 這群高舉「現實主義」大旗的前行代詩人形成馬華文
> 學的傳統主流……，以領導姿態代表馬華詩界數十年
> 如一日。但如果以他們整體作品的成績來評價，很多
> 都是不及格的……吳岸是馬華詩壇中少數能夠提出一
> 己觀念「現實主義文學」的詩人，他是前行代詩人中
> 奉行現實主義詩觀且取得詩成就最大的一位詩人，近
> 年來他的詩頗受到國內外文學界的重視。[34]

　　上述引文中，張光達明顯獨對於吳岸讚賞有加，強調了

---

[34] 張光達在二〇〇二年出版的《殘損的微笑：吳岸詩歌自選集》中也有篇導讀〈從鄉土認同到婆羅洲地志書寫：論吳岸詩歌的獨特性〉。此外，張光達也在「第四屆馬華文學國際研討會」上發表了以吳岸為主題的演說，顯示對於吳岸及其作品的關注與重視。張光達：《馬華當代詩論：政治性、後現代性與文化屬性》（臺北：秀威資訊科技公司，2009年），頁5。

吳岸與同時期的現實主義作家在詩作水準上的差異。這足以
顯示吳岸的重要性不只局限在砂華文壇。在馬華文壇中,吳
岸也是其同輩間優秀的詩人,並在砂華文壇中扮演著舉足輕
重的角色。

　　吳岸在文壇上雖有贊揚聲,但是對他的異議也有所蹤
跡,特別是黃錦樹(1967-)。他對馬華現實主義的三架馬
車,方修(吳之光,1922-2010)、方北方(方作斌,1919-
2007)及吳岸的批評。其中,黃從文學理論上否定吳岸所
繼承由苗秀等寫實作家詮釋的「馬華文學獨特性」,並認
為「馬華文藝的獨特性其實是一種無個性的普遍性,充盈著
華裔小知識分子喋喋不休的教條與喧囂」。[35] 此外,謝詩堅
(1945-)也在其博士論文出版的書籍中將吳岸的詩與左翼
文學做出對照,並指出吳岸的詩作「很容易令人產生遐想,
而想到在森林鬥爭的游擊隊」。[36] 這與吳岸的個人觀點迥然
不同,吳岸在與筆者的訪談中便對此表達不滿,並認為謝詩
堅的說法與真實「相差太遠了」,並說謝提到自己「當時好
像要號召人家去打游擊這樣,去參加武裝鬥爭,打游擊。那
個時候怎麼會有?」,並認為到謝氏並非「過來人」,因
此,「他這種猜測來講是不準確的」。[37] 當然,這裡的重點
不在對兩人的文學觀點進行剖析,而是以此相互撞擊的對話
思考文本與歷史之間的關係,試圖找尋一個更全面的解讀視
角。吳岸詩歌中的爭議性不只存在於立場與題材,其現實主

---

[35] 劉小新:〈「黃錦樹現象」與當代馬華文學思潮的嬗變〉,《華僑大學學
　　報》第4期(2000年),頁60。
[36] 謝詩堅:《中國革命文學影響下的馬華左翼文學(1926-1976)》(濱城:
　　馬來西亞濱城漢江學院,2009年),頁314。
[37] 附錄:吳岸訪談。

義寫作手法亦是評論家們關注之處。

　　研究吳岸的專書雖然不多，但基本上已從不同層面對
吳岸進行個人與作品的研究與整理，可謂相當齊全。如甄
供（曾任道，1937-）的《吳岸及其作品研究》，《說不盡的
吳岸》（詩分析與吳岸生命歷程），黃侯興（1942-）編的
《詩評家眼中的吳岸:吳岸詩歌評論集》（評論集）與周偉
民（1933-）、唐玲玲合著的《奧斯曼‧阿旺和吳岸比較研
究》（比較研究）等。除了書籍，學者論述的吳岸研究文章
在分析吳岸時，可以更加明確地看出研究吳岸的兩種主要取
向，即文學主義與本土性。

　　無論是從個人評論集、訪問或一些其他學者的評論中，
我們可以瞭解到吳岸的創作與現實主義的精神緊密結合。然
而，吳岸的詩在其他研究學者中，其作品「流派」卻有超越
現實主義的現象。以下列舉幾位學者對於吳岸作品創作精神
的不同見解。首先，陳鵬翔（1942-）在〈論吳岸的詩歌理
論〉中表示吳岸不斷接收新的知識與技巧，「詩藝與詩歌
都是與時並進的」，是一位「現代化了的寫實主義者」。其
次，黃侯興在〈現實主義的深化：兼論詩人吳岸的文化品
格〉從吳岸詩歌中發覺到有「聲音、色彩、光線的效果」，
因此認為這些技巧「豐富和深化」吳岸的現實主義創作，將
其定為「深化的現實主義」。陳劍暉（1954-）在〈吳岸：
生活和詩的旅者〉則進一步闡述吳岸作品的現實主義，包含
了現代主義，將現實主義的傳統與現代主義的表現手法巧妙
地糅合在一起，具有「中國詩的風韻和鮮明的馬來西亞鄉土
特徵。」吳思敬（1942-）的觀點與其他學者略有差異。他
認為吳岸是具有浪漫主義傾向的詩人，並指出吳岸「體現浪

漫主義詩人的激情，一種熱情，一種燃燒的熱情」。整體來看，從現實主義、現實主義的深化、現實主義與現代主義的糅合、到浪漫主義，吳岸在創作手法上似乎在不同學者的分析中達致不同的結論。吳岸的創作手法是否為「現實主義」便是一個疑問？然而，純正的現實主義又是否存在？這些理論層面的探究會在第三章中進行細部剖析。

學者們在吳岸創作中的文學主義存有分歧，但對他的本土性寫作的評述觀點則較顯一致，其主要論調環繞於吳岸從本土出發，對婆羅洲人、事、物的刻畫。中國學者唐玲玲認為吳岸「對婆羅洲具有一種天生的依戀的情結……他把對本土文化的深層思考融入他的詩歌創作之中，從而使他的詩篇透視著本土文化的獨特色彩。」辛金順（1968-）的〈地景的再現：論吳岸詩中砂拉越的地志書寫〉則專文討論吳岸所書寫的本土，將歷史，記憶與空間等元素進行分析。如果說本土關懷是吳岸的關注，李國七（1962-）在〈知性與感性之旅、本土色彩與時代的縮影〉則將吳岸的本土性寫作放大為一種「土地感」。李國七指出「詩人（吳岸）的詩集，沒有脫離過土地感。砂拉越、馬來西亞、臺北、東京、漢城……他不只融入生活，還把生活編織進詩的世界裡，不像有一些人，永遠是沒有真實活著生活的旁觀者。」[38] 評論的主題除了環繞於吳岸的本土性書寫之外，吳岸在詩中的本土意象亦是研究的重點。

應當留意的是，吳岸使用的本土意象中有許多並非砂拉越獨有，而是具備了一種「同心圓式」的象徵。例如，榴

---

[38] 甄供：《生命的延續：吳岸及其作品研究》（雪蘭莪：新紀元學院學術研究中心，2004年），頁307。

蓮既可以代表砂拉越，也是熱帶國家的象徵。[39] 關於本土性的論述在第四章談論吳岸本土特性時加以闡述。整體而言，吳岸的研究範式有二：一、主義傾向。二、本土性寫作手法的觀察。從前人學者的不同研究中，可以看出吳岸的個案顯示了文學中的現實主義與作為空間的本土論述進行結合的可能，全篇論文要進行思考與探究的核心主題便由此產生。

　　對於吳岸，以下會梳理並思考三個議題：一、吳岸提倡的砂華文學獨特性如何定義？砂華文學獨特性在現實／本土之間對於吳岸作品有什麼程度的影響？二、吳岸的本土性如何體現於詩歌中？這種本土性又可以怎麼進行歸類與劃分？三、本土性如何設限？怎麼界定本土與非本土（他者）。不同的「他者」之間與「本土」的關係是否一樣？

　　全書分為六章。第一章（即本章）集合砂華文學背景、研究方法（現實主義，本土性）及研究項目（意象，主義），核心在於以吳岸及其作品作為研究對象，探索「本土性」作為一種空間，文化的題材與作為文學思考模式的「現實主義」如何進行交錯與結合。第二章「南下之後」嘗試梳理並呈現砂華文學的文學史脈絡。因此，第一章與第二章冀望能從宏觀層面來俯瞰砂華文學的發展史。第三章探索論文採用的現實主義文學理論做出詳細的性質解說，並分為三種特質：「權力」、「真相」、「主體」，並帶入如何綜合現實主義與本土性來思考吳岸提出的砂華文學獨特性。第四章則是回到吳岸的創作文本上，將視角放在吳岸如何創作出砂華文學的本土性，思考不同本土性主題之間的相互關係外，

---

[39] 關於吳岸本土性的分析會在第四章論述。細節請參閱第四章。

也對本土性創作的「界限」進行探索。這也把我們引導到第五章，這章重新將吳岸書寫中的中國，馬來西亞及其他國家進行關係梳理，以全球化中的「觸碰領域」中的思維模式入手，尋找出吳岸作品中的不同姿態。總結中對吳岸的不同研究進行整理，同時也會對「本土的現實主義」之外的可能性進行探討。

下一章會以現實主義「南下之後」抵達砂拉越的狀態進行闡述，從砂華文學的整體脈絡中瞭解砂華文學在主題關懷上的演變，為研究吳岸主要涉及砂華文學的文學場域先做背景梳理。

第二章

「南下」之後

砂拉越華文文學的歷史脈絡及其現實主義文學的接收狀態，與其他國家的文學史發展緊密相連。如第一章中提及，吳岸的詩從現實主義的理念出發。因此，必需先從吳岸作品與現實主義之間的關係開始探究，方能進一步掌握其文學理念。

　　對於現實主義作為創作理念的論述，偉勒克（Rene Wellek, 1903-1995）在其著作《批評的概念》（*Concepts of Criticism*）中對現實主義的脈絡做出了梳理，他指出：「早期作為哲學思想的現實主義與我們現在對現實主義的理解大相徑庭，現實主義指的是與與抽象思維（nominalism）對立的真實存在（reality of ideas）」。[1] 此外，艾布拉姆斯（Meyer Howard Abrams, 1912-2015）也在解釋現實主義一詞時指出現實主義在文學批評中有兩種迥然不同的模式。一、在十九世紀作為小說書寫的思潮，包括法國的巴爾扎克，英國的艾略特與美國的豪威爾斯。二、即劃定一個流動模式（designate a recurrent mode），在不同時代與文類中，以文學再現人生與經歷。[2] 故此，這條主線不應看成是依循著現實主義文學發生的時間先後的循序排列，而是以最突出的現實主義影響事件作為主軸的排列方式。舉例而言，倘若以最早的現實主義文學發生時間來看，馮雪峰（1903-1976）曾提出：「從《詩經》和《離騷》開始的傳統文學中，現實主義始終是『主潮』。」[3] 那麼，中國現實主義文學的起點是應該再推

---

[1] Rene Wellek, *Concepts of Criticism* (New Haven and London: Yale University Press, 1973), pp. 222-255.

[2] M.H.Abram, *A Glossary of Literary terms* (wadsworth: Thomson, 2005), p. 269.

[3] 馮雪峰：〈中國文學從古典主義到社會主義現實主義的發展的一個輪廓〉，《馮雪峰選集・論文集》（北京：人民文學出版社，2003年），頁333。

前的。然而,這一章的主線排列是為了鋪展出一條以現實主義文學思潮為主要流動脈,因此,本章的討論並不執著於所有地區現實主義文學的起源,而是試圖勾勒地區之間的傳輸與影響,並觀察吳岸在當中的位置。

筆者在另一篇文章〈方修的現實主義系譜及其爭議研究〉中,初步勾勒現實主義在全球的逐步發展,切入點以事件為主軸,透過西方、俄國、中國、新馬四個地區梳理出一條現實主義的流動線條。源頭起自西方(歐美)現實主義作品,但是在俄羅斯有了性質上的轉變,文學已與政治緊密結合,轉型為俄國的社會主義現實主義(Social Realism)或稱為「拉普」文學(RAPP)。隨之,與政治接軌後的現實主義由俄國移至中國。中國五四文學中的「人的文學」及毛澤東(1893-1976)的《延安文藝座談會上的講話》等具指標性歷史事件的發展催化中國的現實主義文學。最後,中國作家的「南下」也促使現實主義線條的發展往南方發展,開啟了現實主義文學在新加坡與馬來西亞的大門。[4] 如此鋪排整體上主要探討的是現實主義文學中的文學內涵在不同文學場域中的移動。在本章中,現實主義文學路線加以延展,將砂華文學納入現實主義發展的版圖中(如下圖),試圖為砂華文學找到其在現實主義文學中的位置。

---

[4] 謝征達:〈方修的現實主義系譜及其爭議研究〉,謝征達、潘碧華、梁慧敏:《首屆方修文學家作品選集2008-2010(文學評論卷)》(新加坡:八方文化創作室,2015年),頁1-51。

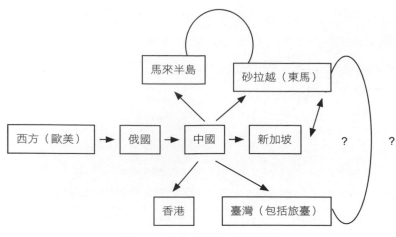

圖一：現實主義的發展線條

　　以上圖一顯示的是砂華文學在現實主義發展線條上的位置。如前所述，本章主要正視的是現實主義「南下」之後砂華文學的位置思考。冀望呈現砂華文學在文學主義脈絡中發展的可能。我在這裡欲進一步申論的是，由於砂華文學在歷史、政治、文化、族群等特質上都與其他地區，包括中國甚至是馬來半島（西馬），在書寫特質中存有明顯的差距。圖一顯示砂華文學與新加坡、馬來半島及臺灣等中文文學場域並列於同一平臺的文學場域分布。在此圖表中，我主張將砂拉越的文學板塊與西馬（馬來半島）、臺灣、香港，乃至中國、俄國等並置，其意在將砂華文學設定在一個「自主的文學體系」中進行討論。此外，我們也應該繼續思考砂華文學與其他文學場域之間的關係（圖中以問號【？】顯示）。例如，砂華文學與馬華文學，新華文學及臺灣文學有什麼直接及間接的關係？這些關係如何構造出砂華文學的整體特色？這些思考將會在下一章繼續細論。本章先從文學史歷時發展

談起，砂華文學在早期與後期的發展方向與性質都差異極大，當中能以第二次世界大戰為分水嶺。第一節從歷時視角述說早期砂華文學與中國文學的發展聯繫。第二節則著重一九五六年至一九六二年的「反侵略、反殖民」時期。此時期亦是砂華文學本土題材受到重視並開始崛起的時期。

一、源起至二戰：砂華文學與中國性

　　關於砂拉越名稱的由來，砂拉越歷史學家劉子政（1931-2002）指出當中考據上的缺乏：「砂勞越這個名稱，在古昔的時候，除了探險家訪問汶萊後曾經提及，以及馬加多氏（Mercator）的東印度地圖曾有記載外，實在沒有什麼可供參考的史料。」[5] 在文學史中，砂華文學史最早的起源可追溯至一九一三年。那年，天主教神羅拔摩斯在古晉和中國辛亥革命分子創辦了《新聞啟明星期報》。[6] 十四年後，砂拉越第一份華文日報《新民日報》於一九二七年出版。田農認為該報提升了砂拉越的獨立及反殖民意識，開啟砂華文學的發軔期。[7] 第二次世界大戰前的東南亞華人（包括砂拉越華人）與中國的關係非常密切。人類學學者陳志明（1950-）便認為二戰前的東南亞華人「心繫中國」，也將自己視為「中國人」，「在中國出生的海外華人仍深受中國國族意識的影響，並也推崇華文教育。」[8] 華人移民研究學

5　劉子政：《砂勞越散記》（新加坡：青年書局，2005年），頁1。

6　黃妃：《反殖時期的砂華文學1956-1962》（砂拉越：砂羅越華族文化協會叢書，1995年）。

7　田農：《砂華文學史初稿》，頁4。沈慶旺的文章中也提到相同的觀點，可參閱沈慶旺整理：〈雨林文學的回響：1970-2003年砂華文學初探〉，陳大為、鍾怡雯、胡金倫主編：《赤道回聲：馬華文學讀本II》（臺北：萬卷樓出版社，2004年），頁606。

8　Tan Chee Beng, "Chinese in Southeast Asia and Identities in a Changing Global Context", M. Jocelyn Armstrong, R.Warwick Armstrong and Kent Mulliner (eds.), *Chinese Populations in Contemporary Southeast Asian Societies: Identities,*

者王賡武（1930-）更進一步從華族認同感探究二戰以前華人屬性問題：

> 他們對自己的家庭體系、中國籍貫以及他們與不論
> 是在中國國內還是在當地各處的其他華人的關係，
> 是知道得很清楚的。這些因素造成了一個情感核心，
> 可以用有關中國過去的傳說和對於或多或少有些抽象
> 的中華文化『大傳統』感到自豪的理由予以強化和發
> 揚。[9]

　　由此可見，在戰前的大環境底下，多數從中國南來的人以經濟謀生為首要考量，文化認同上仍傾向以中國為「大傳統」。這與砂拉越華人的傾向在很大程度上是一致的。換言之，當時許多華人在國族意識上是傾向於中國，甚少有在東南亞落地生根的打算。所以，當時華文文學的本土色彩仍相對薄弱，主要以抒發思念與關注祖國故鄉的情緒書寫。

　　東南亞華人的祖國（中國）情緒在一九三七年後形成高峰。廈門大學教授莊國土（1952-）在分析一九一一至一九四一年間南洋華僑對中國認同的變化時，特別關注一九三七年的七七盧溝橋事件與海外華僑扮演的角色，並認為海外華人參與中國抗日的熱情與投入的動員程度，「完全不亞於國內人民」。[10] 在砂拉越，文藝方面也有了偏向中國的現象。

Interdependence and International Influences, (Surrey: Curzon Press, 2001), p. 217.

[9]　王賡武：《王賡武自選集》（上海：上海世紀出版集團；上海教育出版社，2002年），頁239-240。

[10]　莊國土：〈從民族主義到愛國主義：1911-1941年間南洋華僑對中國認同的變化〉，《中山大學學報》第40卷第166期，（2000年），頁112。

一九三七年受到衝擊最大的是華文報章，砂拉越的多分華文報章包括古晉新聞日刊、砂羅越日報及詩巫出版的詩巫新聞日刊、華僑日報等都被查禁，主要原因在於報章刊登「大量的抗日的文學作品，作者多是中國南來的文化人。」[11] 進入四十年代，二戰全面展開，砂華文學史家田農表示砂華文學在抗日時期進入「冬眠期」。[12] 由於此時期政治局勢的不穩定，許多文學創作都隨之停擺，狀況直至二戰過後才有好轉。

　　一九四九年成立的新中國對馬華文學（包括砂華文壇）有著直接衝擊。如前文所述，當時身處東南亞（包括砂拉越）的華僑必須在中國國籍或本土國籍之間做出抉擇。一九五四年，中國總理兼外長周恩來（1898-1976）在第一屆全國人民代表大會中報告海外華僑問題時便直接表明華僑與華人的差異：「何者為華僑，即是為中國國籍者；何者為華人，即已認同於當地，並已取得當地新興國或當地自治體，如馬來亞、新加坡，甚至尚為英國殖民地的砂拉越、北婆羅洲／沙巴、汶萊等，的國籍或公民權者。」除了中國政策上的阻力（pull factor），馬來亞於一九四九年創立的馬華公會強力鼓勵在馬來亞的華族居民申請成為馬來亞公民，加速了當地華人「馬來亞化」的進程形成助力（push factor）。到了一九五〇年代末，更多華人成為馬來亞公民，開始認同腳下的土地是自己及子孫「落地生根」的地方。[13] 本土性的概念在文學上的思考也從這時間點開始發跡。然而，本土與中

---

[11] 田農：《砂華文學史初稿》，頁2。
[12] 田農：《砂華文學史初稿》，頁24。
[13] Tan Chee Beng, "Chinese in Southeast Asia and Identities in a Changing Global Context", p. 217.

國之間的認同取捨並非在某個特別時間點有個果斷的裂變，
而是逐漸過渡的發展。

　　在砂華文學的發展史中，二○至二十一世紀，砂華文
學生產了四部文學史，分別為田農《砂華文學史初稿》、黃
妃《反殖時期的砂華文學》、周翠娟（1969-　）《砂華文
學團體簡介》、沈慶旺《雨林文學迴響》。[14] 當中，將砂華
文學史的時間點建立明確分段的有黃妃《反殖時期的砂華文
學》及田農《砂華文學史初稿》的文學史論著。以下從黃妃
與田農的砂華文學史分期進行對照，可從砂華文學史過程中
在年份上的異同處，觀察到砂華文學的特性形成的關鍵時
段。[15]

表一：田農與黃妃的砂華文學史分期

	（一）	（二）	（三）	（四）
田農的分期	1945年以前	1946-1955	1956-1962	1963-1970
黃妃的分期	1936-1948	1949-1955	1956-1962	--

　　列表一顯示兩本文學史的分期並沒有全然共識。由於黃
妃集中書寫在反殖時期的砂華文學，一九六二年過後便沒繼
續注明。兩位學者的第一期與第二期的分期也有兩三年的差
距。但是，值得注意的是，唯有在一九五六年與一九六二年
之間的反殖民鬥爭時期，兩位學者在文學時期的切分完全雷
同。這一段時間點與砂華文學現實主義作家（包括吳岸）有
著重要影響。一九五六至一九六二年這個特殊的年份標誌著

---

[14]　陳玉珍：〈犀鳥鄉強烈歸屬感，砂華文學純樸真實〉，犀鳥天地站http://
hornbill.cdc.net.my/shahua/chenyuzheng.htm（瀏覽：2017年12月7日）。

[15]　著作分別為田農：《砂華文學史初稿》與黃妃《反殖時期的砂華文學
（1956-1962）》。

砂華文學從傾向中國關懷的書寫開始轉向對本土的重視，開
啟砂拉越本土寫作的風潮。

二、反殖民侵略：砂華文學與本土性

　　一九四六年七月一日，砂拉越讓渡給英國。同年的七月十七日，英國派拉克爵士（Sir Charles Noble Arden Clarke, 1898-1962）為砂拉越第一任總督。[16] 政治交替的不滿是砂拉越反殖民情緒高漲的起因。讓渡砂拉越引起了許多民眾的不滿，導致「反讓渡行動」的發生。然而，拉者「一意孤行，軟硬兼施」，一九四六年五月十八日通過了讓渡法令。[17] 一九四六年讓渡法令的通過也意味著維持了一百〇五年的「布魯克王朝」畫上句點，砂拉越正式進入維繫二十年的全新英國殖民統治時期。此後，反殖民運動便此起彼伏。此時期的文學刊物方面也有所進度。在一九四六至一九五五年的十年間，砂拉越有多份報刊出版，當中的許多副刊有助於推動砂華文學的發展。[18] 值得注意的一點是，一九五六年至一九六二年這個時間段也是砂華文學名稱確立的時間段。[19] 黃妃指出：「當時一些文人曾在報刊中提到砂華文學的課題。但是這些文章的內容都無法再看到。」不過，黃妃

---

[16] 劉子政：《砂拉越130年大事記》（砂拉越：砂拉越華族文化協會，2001年），頁27。

[17] 更多關於1946年砂拉越讓渡契約的細節，可參閱楊曜遠：《婆羅洲對外條約史（1526-1963）》（砂拉越：砂拉越華族文化協會，2011年），頁109-111。

[18] 田農：《砂華文學史初稿》，頁24。

[19] 沈慶旺與黃妃的文章中都提及砂華文學這一名詞始於一九五〇年代。可參閱黃妃：《反殖時期的砂華文學》，頁2。沈慶旺整理：〈雨林文學的回響：1970-2003年砂華文學初探〉，頁605。

仍能確定砂華文學一詞的使用是在一九五六-一九六二年之間，即反殖運動時期。[20] 因此，反殖民時期也是砂華文學正式開啟的時期。

　　從布魯克到英殖民的過程不乏異議。在砂拉越，反殖民的聲浪頗大，這股反對勢力對政治與文學皆有巨大影響力。源頭起自於一九五三年七月，「砂拉越解放同盟」的成立，發動了反對砂拉越被殖民統治運動。[21] 這當中與左傾思想有直接關係。在左派思想者之間也開始將原本重視中國祖國的狀況，轉為關注本土的走勢，黃妃指出在一九五六年時，「左傾報紙的文藝路線轉變為忠誠地反映革命現狀，關心祖國砂拉越的命運」，而「砂華文學真正擺脫了僑民意識」。[22] 吳岸在一九五〇年代時已是文壇上的活躍分子，他在一九六〇年《新聞報》新年特刊中提到文藝工作者所要負起的任務時說：「應該確立正確的人生觀，站好為砂拉越的自治獨立的事業服務的立場。」當時年輕的吳岸也懷有滿腔熱血，為了革命事業，文藝工作者除了要確立積極的人生態度，其最終目的就是為爭取國家的獨立。[23] 從吳岸當時的立場，我們可以初步解讀關於吳岸的兩種觀察。一、吳岸的詩與政治變動有密切聯繫，特別在吳岸因反殖民入獄前。二、吳岸對本土的關懷從砂華反殖時期開始覺醒。

　　關於一九五〇至一九六〇年反殖民、反侵略時期的砂華

20　黃妃：《反殖時期的砂華文學》，頁2。
21　田英成：〈反殖運動時期砂拉越左翼華文報章研究〉，陳琮淵、吳詒賜：《傳承與創新：砂拉越華人社會論述》（砂拉越：砂拉越華族文化協會，2011年），頁52。
22　黃妃：《反殖時期的砂華文學》，頁11。
23　同上，頁28。

文學作品，黃妃與田農在個別的文學史論述中皆表示這段時期的書寫特色以現實主義為主。黃妃強調砂華文學的現實主義特質並不單純，除了受到中國文學的影響，也與砂拉越本土發生的政治事件脫離不了關係，並強調現實主義作品具有中國與本土雙重影響元素：「當時砂拉越的文壇上，文學創作是遵循著現實主義的道路。把現實主義當作創作的金科玉律。這固然是受中國現實主義發展的影響，最主要的因素還是受砂拉越本土政治形勢的衝擊，所以現實主義的傳入才會一拍即合。」[24] 田農則點出砂華文學的現實主義寫作從戰前就有明顯的軌跡，「數十年來，砂華文學循著現實主義的道路發展，這一方面是它深受中國現實主義文學遠流的影響，從戰前的抗日文學以後的五〇年代至六〇年代的反殖愛國文學，文學作品依循著現實主義軌跡前進。」[25] 黃妃在梳理砂華文學史時便指出當時的砂拉越青年在新中國成立後兩種立場的糾葛：

> 新中國成立之後，砂拉越的有志青年紛紛向北歸去，對於中國的解放，海外青年都雀躍不已。他們佩服毛澤東能在一夜之間解放了中國，這是國民黨所做不到的，他們更深信今後中國會富強起來。[26]

> 中國對他們而言是遙不可及的地方，這一塊土地才是他們成長、熟悉的環境。在念故戀群的心理動源之

---

24 黃妃：《反殖時期的砂華文學1956-1962》，頁28。
25 田農：《砂華文學史初稿》，頁6。
26 黃妃：《反殖時期的砂華文學1956-1962》，頁85。

下，中國是他們祖先的祖國。同樣地，在歷史的演進之中，這一些年輕人也會對砂拉越產生一種難消的戀鄉情結。[27]

現實主義影響了當時整個砂華文學場域。其中，同時響應中國與本土現實主義的作家便有吳岸。對這兩種相互矛盾立場的存在，吳岸寫於一九五八年的〈南中國海〉可以重現當時心態，以詩表達砂拉越華人和中國之間無法割捨的血緣關係和文化上的糾葛情緒。

雄渾的海洋呵，南中國海
你以你的滔滔滾滾的狂浪
把北方的大陸和南方的島嶼衝開
你（南中國海）以你的滔滔滾滾的狂浪
把北方的大陸和南方的島嶼連接起來
……
而我們，背負著歷史的重擔
試圖攀登赤道上白雲繚繞的高山
直到望見你好漢的面影，高歌一曲吧
我們想起了漂流在你洪濤裡的祖先
還有我們未來的子孫

你對我們這一代有何感想，哦大海？
你把北方的大陸和南方的島嶼分開！

本土的現實主義：詩人吳岸的文學理念

---

[27] 黃妃：《反殖時期的砂華文學1956-1962》，頁88。

你又把北方的大陸和南方的島嶼連接起來[28]

　　在「落葉歸根」還是「落地生根」之間搖擺不定外，文學的思維與立場產生兩極化。身處在砂拉越的環境中，導致華人對自身文化進行重新調適。華人作家與本土文化的接觸成了無法避免的發生。隨著政治上的變遷，雖然居住在砂拉越的人仍認同中華文化，但已逐漸不把中國視為祖國了。

　　走向文學層面，一九五〇至一九六〇年代對砂華文學而言是個重要的分水嶺。砂華文學除了緊隨中國文學的發展外，作家們的目光也同時轉向對砂拉越局勢的關注，書寫呈現出濃厚的中國與本土特色，展示二元本位。砂華文學所推崇的現實主義寫作與中國五四時期新文學運動有直接影響。[29]另一位文學史家田農則將砂華文學分為四個階段，並將一九四六年至一九五五年界定為砂華文學的萌芽期，當中更以吳岸與砂耶兩位為例，這也象徵了吳岸在砂華文學中作為先驅詩人的位置，同時也顯示這些詩歌當中具有的本土特質，並指出：「他們的詩風與中國南來的文化人迥異，詩歌反映了熱愛鄉土與民族，對不平等的社會作出控訴」。[30]其中，「鄉土」與「民族」的熱愛也反映出吳岸當時寫作在「心繫祖國」的同時，對自己身處家園的重視，相當程度上也能反映當時本土書寫的複雜性。

　　一九六二年十二月八日發生了「汶萊事件」。這起武裝事件由汶萊人民黨主席阿查哈里（Sheikh Azahari bin Sheikh

---

[28]　吳岸：〈南中國海〉，《盾上的詩篇》（香港：新月出版社，1962年），頁67-71。

[29]　黃妃：《反殖時期的砂華文學1956-1962》，頁30。

[30]　田農：《砂華文學史初稿》，頁42。

Mahmub, 1928-2002）在馬尼拉宣布建立「婆羅洲合眾國」之後爆發。根據砂拉越歷史學家劉子政提到當時汶萊局勢混亂，而且有影響鄰邦的可能。[31] 在砂華文學領域方面，沈慶旺也關注砂拉越在這時期資訊上與文學上所受到的影響。「汶萊事變」後，英國殖民政府利用這個時機，大批追緝砂州政壇上的左翼領袖與幹部……在這種情況下，任何敏感的刊物皆成了反政府的憑據。」[32] 譬如，《新聞報》、《民眾報》及《砂民日報》這三份左翼報章報行便被英殖民政府強行封閉。[33] 當時，所有的書報都潛伏在緊張的文學氛圍導致此時期的砂華文學在整體發展上大受影響，是文學低潮期。

　　一九七○年代以後，武裝鬥爭的結束逐漸帶回了穩定的局勢。文學題材方面則開始出現「現代主義文學」的足跡。砂華現代詩的大量湧現在一九七○年成立了砂拉越星座詩社之後更加茁壯。星座詩社是第一個正式獲得社團註冊官批准的文學團體，以劉貴德、陳縱耀、謝永就、謝永德、呂潮景最為積極。[34] 砂華文壇中不同流派的寫作人也在此時展開一陣論戰。一九八○年代，數個文學團體陸續成立，帶動了砂華文學及文學源流開枝散葉。「砂拉越作家協會」和「詩巫中華文藝社」相繼成立，砂華文壇的各種文學活動也日趨頻繁。[35] 一九九○年代以後，砂華文學除了現實與現代的兩派

---

[31] 可參考劉子政：〈從汶萊事件看汶萊史〉，《婆羅洲史話》（砂拉越：砂拉越華族文化協會，1997年），頁99-109。

[32] 沈慶旺整理：〈雨林文學的回響：1970-2003年砂華文學初探〉，頁606。

[33] 田英成：〈反殖運動時期砂拉越左翼華文報章研究〉，頁62。

[34] 關於星座詩社的具體背景，可參閱：黃裕斌：〈砂華現代文學的濫觴與轉型：星座詩社考察〉，世界華文文學研究網站，http://www.fgu.edu.tw/~wclrc/drafts/Malaysia/huang-yu-bing/huang-yu-bing_01.htm，瀏覽於2017年9月9日。

[35] 沈慶旺整理：〈雨林文學的回響：1970-2003年砂華文學初探〉，頁606。

對立外，更重要的是本土性書寫模式開始有了的不同詮釋的產生。對此，沈慶旺認為本土性的多重詮釋展示了砂拉越的獨特性。沈解釋道：「砂華的文學作品逐漸顯現本鄉色彩，寫作人從本鄉地理環境、歷史、多元種族社會的結構、社會背景發掘大量的創作題材，這些作品的特殊題材造就了砂華文學的獨特性。」[36] 因此，在七〇年代之後，砂華文學的主體性在文學中更加彰顯。

從整體俯視砂華文學史，砂華文學早期與中國文學的關係密切。到了二戰以後，「反殖民、反侵略」口號的響起，意味著文學關懷的面向逐漸轉向本土，書寫也趨向採用本土題材。現實主義在一九七〇年以前一直是砂華文學的大主調，到了一九七〇至一九八〇年代，「現代主義」無論是在馬華文學或砂華文學都開始崛起，形成兩股勢力。砂華作家田思在〈馬華詩壇二十年回顧〉中提到馬華文學界現實主義與現代主義之間的撞擊。田思指出：「……後者（現實主義）對前者（現代主義）一開始就採取排斥和抗拒的態度，前者對後者也不時揶揄。」[37] 此外，「現實派」與「現代派」之間也發生過幾場論爭，如六〇年代的李蒼（李有成，1948-）與北馬的一些詩人的論爭和八〇年代傅承得（1959-）與無奈在〈文會〉的論爭。[38] 然而，砂華文壇似乎是一個甚少參與文學論爭的文學場域，在同時期更重視以書寫砂拉越的本土特色為策略，開展了大量的砂拉越本土書

---

[36] 關於吳岸論述的砂華文學獨特性會在下一章進行細談。沈慶旺整理：〈雨林文學的迴響：1970-2003年砂華文學初探〉，頁609。

[37] 田思：〈馬華詩壇二十年回顧〉，《找一條共同的芯》（砂拉越：詩巫中華文藝社，1995年）頁91-92。

[38] 同上。

寫。當中，砂華本土作家田思提出「書寫婆羅洲」的寫作策略，並提出十種砂華文學可發展的文類方向。[39] 在一九六〇年之後，想象婆羅洲書寫的加入讓砂華文學的發展逐漸轉向多元化，這也把我們引導致對於砂華文學書寫面向的討論。下節探討題旨衍生後的三個砂拉越的書寫範式，即自然環保書寫、歷史族群書寫與「想象婆羅洲」書寫。

---

[39] 這十種歸類包括：一、神秘雨林、文思泉源；二、山水文學、小鎮風光；三、穿街走巷、地方掌故；四、多元種族、采風探俗；五、種族和諧、關懷弱勢；六、歷史餘波、劫難反思；七、開荒辟地、田園謳歌；八、雨林美食、民間佳餚；九、系心環保、熱愛自然；十、多元生態、草木有情。細節請參考田思個人網站：http://sixiangqi.blogspot.sg/2010/08/blog-post.html。（瀏覽：2017年9月10日）。

三、題旨的衍生：砂華文學與「想象婆羅洲」

　　砂華文學因地方的獨特性，讓其文學的具有特殊性。吳岸認為，雖然馬華文學與砂華文學在語言，文學的傳統，形式、體裁等各方面，都有共同之處。但是，作為砂拉越社會的「特有產物」，砂華文學自始至終都具有其獨特性。[40] 砂華文學獨特性的突出與其後來發展的幾個不同面向息息相關，以下欲將砂華文學的書寫主題分為自然環保、歷史族群及「想象婆羅洲」三種類別，他們之間相互影響著，形成砂華文學的三大書寫主題與模式。

　　首先是自然／環保意識。砂拉越是馬來西亞最大的一個洲，砂拉越雨林佔砂拉越土地將近百分之八十，即十億公頃的雨林景觀絕對是砂拉越得天獨厚的書寫特質。[41] 在討論砂華文學時，自然課題的書寫總是難以規避。與自然有關的砂華文學作品為數不少，例如楊藝雄（1943-）的《獵釣婆羅洲》。該書中將真實參與的打獵經歷採用「栩栩如生」的細述，對動物的人性化與情感都做出細膩觀察，是難得的個人深入自然的經歷之作。除了獵釣書寫，黃孟禮的《情系拉讓江》在書寫砂拉越河川方面也深具代表性。鐘怡雯便讚揚

40　吳岸：《馬華文學的再出發》，頁114。
41　更多關於砂拉越的地理資料可以參閱砂拉越官方網站：http://www.sarawak.
　　gov.my。（瀏覽：2013年8月19日）。

黃孟禮「實地走訪拉讓江，是至今為止瞭解拉讓江的最完整
資料」[42]，便可見其中作者的努力。關於自然書寫的作品還
有梁嬌芳（1949-）《林中獵奇》、藍波（沈若波，1946-）
《尋找不達大》、黃葉時《有情天地有情人》等不計其數的
創作顯示了大自然是砂華文學中的重要命題。

　　一九九〇年以後，砂拉越面臨了大量雨林的開發，自然
生態備受威脅。在這個大環境遭受破壞之際，一些關心環
保的作家便積極以保護環境為主題進行創作。在環保的課
題上，砂拉越作家田思特顯用心，詩歌與研究都緊扣環保的
主題。

> 　　在貪婪的鏈牙啃嚙下
> 　　發出轟然的痛號
> 　　倒下
> 　　倒下
> 　　脫離世代扎下的根
> 　　散一地破碎的枝葉
> 　　然後被割盡皮肉
> 　　扎成一副稜稜的魚骨
> 　　飄出生命的軌道
> 　　投奔怒海
> 　　也許有幾個受命運垂青
> 　　成了異國的棟梁
> 　　但多數被肢解賤賣

---

[42] 鐘怡雯：〈砂華自然寫作的在地視野與美學建構〉，《馬華文學史與浪漫
傳統》（臺北：萬卷樓圖書股份有限公司，2009年），頁215-216。

去裝飾符號的櫥窗[43]

　　上列中，田思以〈林族悲歌〉（1989）表達了詩人有感於樹林受到大量砍伐而發出遺憾與哀傷的語調。在評論上，田思也寫過文章〈草木堪憐，山水何辜：談砂拉越的環保詩〉[44]，後來還將環保意識的書寫從砂拉越延伸到馬華文學，發展成論文書籍《馬華文學中的環保意識（1989-1999）》[45]及許多環保詩，奠定了田思在砂華文學中環保書寫的地位。除了自然與環保的大主題外，砂拉越在族群比例上佔多數的原住民也是砂華作品中無法忽視的主題。

　　學術界對於砂拉越的少數民族書寫多有關注。林建國在〈有關婆羅洲的兩種說法〉中討論了梁放的〈鋅片屋頂的月光〉和〈一屏錦重重的牽牛花〉這兩篇文章。他認為這兩篇文章「是梁放『回憶』砂共往事最重要的小說」。[46]無獨有偶，許文榮（1964-）在整理砂拉越弱勢書寫時也同樣認為梁放的作品具有代表性，帶有「對弱勢民族從誤解到理解的態度轉化」的關懷。當中認為以梁放的《溫達》與《吐龍珠》最能表現出此特色。此外，莊薏潔在其碩士論文〈論馬華文學的少數民族書寫〉中也以梁放的〈森林之火〉為例，從中窺見梁放對少數民族關懷的重視，為表現出外人對

---

[43]　田思：《田思詩歌自選集》（雪蘭莪；大將出版社，2002年），頁203。

[44]　田思：〈草木堪憐，山水何辜：談砂拉越的環保詩〉，《沙貝的回響》（雪蘭莪：大將出版社，2003年），頁26-44。

[45]　田思：《馬華文學中的環保意識（1989-1999）》（雪蘭莪：大將出版社，2006年）。

[46]　林建國：〈有關婆羅洲的兩種說法〉，《中外文學》第26卷第6期，（1998年11月），頁11。

土著文化的陌生與恐懼。[47]

> 一個風高的夜晚，正在伏案用功的「我」突然看見手
> 持刀的溫達向自己爬來，想象自己即將在下一刻成為
> 獵人頭英勇行動的豐收品，極度恐懼，後來發現其實
> 溫達是為了砍死正在準備襲擊「我」的一條蛇，獲救
> 的「我」頓時下了羞愧與感激的淚。[48]

上例故事中的「我」對於伊班族「獵頭」的習俗懷有莫
名恐懼，這種恐懼衍生至一種對於少數民族的不信任。同樣
是「獵頭」，沈慶旺在《蛻變的山林》中則以反映實情為目
的，在書中講解道：「原始社會獵人頭的習俗表面上是為了
求愛、求地位、求豐收，對整個族群而言，意義乃在於求生
存。獵人頭除可抑制敵人的勢力，拓展自己族群的耕地和生
活範圍，也減少自己族群所面對的威脅，是原始生活中求存
的一種方式。」[49] 沈慶旺並不認同將原住民「神祕化」或投
以「獵奇」心態。出發點著重於透過更多接觸與認識來理解
原住民，其書寫精神值得讚揚。在提到以少數民族為主題的
砂華文學時，不得不提到沈慶旺的詩集《哭鄉的圖騰》。[50]
該詩集圖文並茂，以少數民族為主題，田思甚至認為該詩集
在馬華文學可能是第一部以原住民為題材的詩集，顯示了其
重要性。

---

[47] 莊蕙潔：〈論馬華文學的少數民族書寫〉，（金寶：拉曼大學中文系碩士
論文，2011年7月），頁105。
[48] 同上，頁106。
[49] 沈慶旺：《蛻變的山林》（雪蘭莪：大將出版社，2007年），頁134。
[50] 沈慶旺：《哭鄉的圖騰》（砂拉越：詩巫中華文藝社，1994年）。

平心而論，以自然環保及歷史族群主題的砂華創作雖涵蓋了大部分的砂華文學主題，但砂華文學的整體展現在旅臺作家的「想象婆羅洲書寫」。其原因在於旅臺的砂華作家在一九九〇年代以後佔據了龐大的婆羅洲書寫的市場位置。引起議論的是，他們的書寫具有高度互文性及大量的意象使用，導致書寫中的砂拉越雨林與其原貌相去甚遠。有鑒於此，「本土婆羅洲」與「想象婆羅洲」在創作上形成兩種截然不同的特色，立場更是涇渭分明。

> 「那將會有戰鬥。島上仍有戰鬥的氣息。我能夠繼續存活見證那場戰爭嗎？……阿團（Ah Tuan）！」，他繼續著，更靜了些。「以前的時光最好。就算我曾與拉農人（Lanun）共舟，在夜晚靜悄悄登上白帆船，那是在英國拉者統治古晉之前。那時我們相互盡興地相互地戰鬥著。現在與你戰鬥，等待我們的只有死亡。[51]

> 江畔兩邊之夜蓊鬱，恨不得化神飛禽穿梭其佔用。每一棵樹都臂粗腰肥，挺得住一座峻嶺。鬼蜮般的巨樹。爬滿青苔蒙茸的巨獸之骨。河底繁衍至陸上的巨藻。鳥滑翔的姿態如魚。獸類吼聲如鯨，如海豚。[52]

　　這裡討論的是對婆羅洲的想像書寫。第一個例子是約瑟夫・康拉德（Joseph Conrad, 1857-1924）的《奧邁耶的痴

---

[51] 筆者翻譯，原文請查閱M.G. Dickson, *A Sarawak Anthology: Extracts from the literature on Sarawak* (London: University of London Press Ltd, 1965), p. 129.

[52] 張貴興：《群象》（臺北：麥田出版社，2006年），頁58。

夢》（*Almayer's Folly*），故事是康拉德憑藉自己的想象在一八九五年書寫對首位拉者詹姆士・布魯克（James Brooke, 1803-1868）的敬仰，刻畫出在古晉戰鬥的徬徨場面。有意思的是，康拉德從未到過砂拉越古晉，其筆下的古晉故事算是一種從遠距離出發的想象書寫。時間推至二十世紀九〇年代，上列的第二個例子是張貴興的《群象》。類似以想象婆羅洲雨林為主題的書寫在臺灣形成一種風潮，當中以張貴興（1956-）與李永平（1947-）的知名度最高，其想象婆羅洲寫作已在臺灣，甚至是全球華人地區都享有名氣。

想像婆羅洲的寫作廣受文學評論界的關注。臺灣大學任教的高嘉謙（1975-）在評述李永平與張貴興時，對二人的成就讚賞有加。除了提到李永平算是第一位在臺灣訴說雨林故事的馬華作者外，更讚揚他們「既締造了文學美學形式的高潮，同時也開創雨林的文學視野。」[53] 同樣的，在馬來西亞任教的莊華興（1962-）則認為李永平的「返鄉小說」恰恰充分結合了婆羅洲豐富的地理與人文因素，成功為婆羅洲文學塑造了特有的浪子形象。[54] 整體而言，高嘉謙與莊華興就兩人在文學的成就與創作特色上給予認同。不但如此，陳大為甚至直言張貴興的婆羅洲書寫的鋒芒已蓋過東馬本土作家，並表示：「（這群旅臺作家）挾著臺灣出版市場的強大優勢，以及各種年度十大好書和中國時報文學獎的肯定，張貴興儼然成為婆羅洲雨林真正的代言人，在馬華文學版圖上

---

[53] 高嘉謙：〈馬華小說與臺灣文學〉，《文學爭鳴》第六期，（2012年），頁34。

[54] 莊華興：〈浪子的歸返：論李永平小說中的父文母語與族群語言政治〉，頁50。關於莊華興提到林建國所謂的婆羅洲森林的讀法可以參考，林建國：〈有關婆羅洲的兩種說法〉，《中外文學》第26卷第6期（1998年11月）。

蠹立他的雨林王國，完全掩蓋掉雨林真正的擁有者：東馬作家的鋒芒。」[55]

然而，亦有評論者對「想象婆羅洲」寫作持有保留的態度。他們的立場主要是認為雨林書寫中缺乏「真實性」，當中甚至有將雨林形象過分扭曲，以致誤導讀者對於雨林原貌的認知。如許文榮對張貴興的民族形象的刻畫就不認同，並指出：「若純粹就弱勢民族書寫而論，對於（張貴興）形塑弱勢民族形象的鮮活性與弱勢話語的深刻性而言，應該說是有點『外強中乾』的。」[56] 在砂拉越土生土長的作家田思在〈書寫婆羅洲〉中的評語則更為強烈：

> 他（張貴興）那部入圍「中國時報百萬小說獎」決審的《群象》，我認為是失敗之作。失敗的原因是扭曲了婆羅洲的真實面貌，文字與佈局也無甚可取之處。……《群象》書中有些「離譜」的描寫比比皆是，有時到了令人難以卒讀的地步。[57]

田思強調由「外國人」來書寫婆羅洲，讀起來總有一種「隔了一層」的感覺。真正的婆羅洲書寫，恐怕還是要靠「生於斯、長於斯、居於斯」的本土作家。[58] 除了在臺灣出版的張貴興與李永平的婆羅洲雨林書寫，田思也對《婆羅

---

[55] 括弧內容為筆者加入。陳大為：《最年輕的麒麟；馬華文學在臺灣》（臺南：國立臺灣文學館，2012年），頁25。

[56] 括弧為筆者增入。許文榮：〈馬華文學的弱勢民族書寫：一個文學史的視野〉，《中國比較文學》第一期，（2011年），頁91。

[57] 田思：〈書寫婆羅洲〉，《沙貝的回響》（吉隆坡：南大教育與研究基金會，2003年），頁176。

[58] 同上。

洲熱帶雨林探秘》與《赤道無風》等著進行嚴厲批評，皆認為這些作品缺少對婆羅洲的真實理解。[59] 然而，「想象婆羅洲」書寫未必將其限制在砂拉越的範圍。作為整個想象婆羅洲的書寫，沙巴雨林的相關創作也值得討論。馬華作家冰谷的沙巴創作與潘雨桐的雨林書寫是很好的例子。潘雨桐（潘貴昌，1937-）《河水鯊魚》筆下的「河精」與《東谷紀事》中對於「風」的書寫等關注都離不開自然生態與人之間的關係。[60] 冰谷（1940-）的《沙巴傳奇》亦是一本重要創作。冰谷本人更在一九九〇年間離開馬來半島到了沙巴，除了進行沙巴書寫，更投入於協助沙巴作家創作的工作，實屬難能可貴。[61] 雖然「想象婆羅洲」書寫其無法將砂拉越的真實面貌加以「呈現」，但卻有著推廣認識砂拉越的作用，讓對砂拉越有興趣的外界讀者有個平臺瞭解砂華文學的特色。故此，類似神話般的「想象婆羅洲」書寫或能提升砂華文學的可讀性與層次。

　　整體而論，此章主要梳理了砂華文學在歷史脈絡下的文學發展，並劃分為三個時段進行討論。一、砂華文學的源起至第二世界大戰。這期間的砂華文學與中國的文學和歷史發展都有著直接影響。二、砂華文學在一九五六年至一九六二年之間的「反殖民、反侵略」時期。這一時期，砂拉越人民的本土意識逐漸高漲，文學書寫方面開始重視本土色彩與語言。三、一九九〇年以後，本土特色書寫逐漸擺脫了從屬政

---

[59] 同上，頁175。

[60] 關於潘雨桐《東谷紀事》及《河水鯊魚》的評論文章可參考：陳大為：〈寂靜的浮雕：論潘雨桐的自然寫作〉，《華文文學》，2002年1月，頁73-77。

[61] 冰谷的個人簡歷與創作可參閱：葉嘯主編：《當代馬華作家百人傳》（吉隆坡：馬來西亞華文作家協會，2006年），頁53。

治的思考模式，開展文學主題的自由狀態。砂華文學的發展可分成自然環保、歷史族群及「想象婆羅洲」等多元書寫。本章釐清了砂華文學史的宏觀發展，加上對不同面貌的砂華文學的寫作進行討論之後，下一章則進入文學理論的探究，解析吳岸在砂華文學場域中的現實主義思考與書寫模式。

第三章

超越現實

「現實主義作家」，是吳岸被許多論者認知的重要文學身分與創作位置。縱使吳岸自始至終以現實主義為「信念」進行創作，其現實主義作品的特色卻包含獨特複雜的性質，以致呈現出超越「現實」的跡象。本章重點在於挖掘及思考現實主義文學理論與吳岸作品的關係，採用「權力」、「真相」、「主題」三個視角，冀望能釐清吳岸創作中的不同層面，並進一步申論吳岸從「現實主義」出發，又擴大並超越了的「現實主義」寫作理念。探討面向在於將「現實主義」與三種元素即「真相」、「權力」與「主體」之間的互動檢視。本章分析吳岸作品中的「超越現實主義」書寫與砂拉越主體產生聯繫，並在「真相」和「權力」之間交會互動，展現出砂華文學的獨特性。

在討論吳岸與現實主義的關係以前，必須指出「主義」無論是作為文學寫作的哲學思維，或推動文學運動的核心理念，其存在總讓文學家及文學評論家們傷透腦筋。在眾多文學主義中，如古典主義、浪漫主義、現代主義、後現代主義、女性主義、解構主義甚至是「沒有主義」，現實主義相較於其他主義而言更顯爭議不斷。文學的虛構性對現實主義原則形成了挑戰。如何界定現實主義文學？現實主義文學作品是否具文學性？現實主義文學的「過時」等等。這些負面評述的屢見不鮮，使得現實主義的定位與價值備受挑戰。

其中，安敏成在《現實主義的限制》中指出，西方現實主義在使用現實主義一詞時「常常要加上引號，或以大寫、斜體等方式書寫，以期使自己與它所假定的、現在已十分可疑的認識論拉開距離」，甚至還有作家創造了「反浪漫主義」的術語以代替「現實主義」，這種舉動不過是為了「規

避『現實主義』」。[1] 另一名美國藝術歷史學者琳達・諾克林則指陳現實主義的規範過於模糊,「有些人認為寫實主義是種『無風格』(styleless)的創作手法或是種空靈透明、如實『反映』或『重現』人生(transparent)的目的寫作,是對眼睛所見的現實進行一全然的模擬或如照鏡般的映照」。[2] 當然,除了「正當性」、如何規範、定義等爭議之外,現實主義與其他元素,如政治、美學、科學、理性等的「糾纏不清」也使現實主義文學在進行研究與討論時困難重重。

整合上述的不同評論,顯而易見的是「現實主義」的主要糾結點在於「如何反映現實」、「何謂現實」。本文觀照吳岸生活空間的現實條件,進而探討吳岸如何再現這些條件及其文學裡「真相」與「權力」的關係。主要框架借鑒於迪爾特・費恩勒(Dieter Freudlieb)在〈福柯與文學研究〉("Foucault and the study of literature")中對於福柯理論與文學對話的可能性思考。文章中對於福柯所詮釋的「權力」(power)、「真相」(truth)與「主體」(human subject)之間的關係進行深入探討。[3] 在現實主義的創作中,先以「真相」、「權力」及「主體」為現實主義作品與其維度做出規確,並將以上三元素置於吳岸的作品中進行檢視,從而挖掘吳岸作品中「超越現實」的跡象。

---

[1]　安敏成《現實主義的限制:革命時代的中國小說》,頁4-6。

[2]　琳達・諾克林(Linda Nochlin)著,習筱華譯:《寫實主義》(Realism)(臺北:遠流出版事業股份有限公司,1998年)。

[3]　Dieter Freundlieb, "Foucault and the Study of Literature", *Poetics Today*, 16(2) (1995), p. 331.

一、「真相」：文學如何紀實所見與所在

　　現實主義早在一八四〇年代就在歐美等地崛起。哈彼表示現實主義的宗旨是提供「真實」（truthful），「準確」（accurate）及「客觀」（objective）的，強調的是直接的觀察、事實的呈現、經驗與體驗。在這些現實主義的宗旨中，「真實的」反映和再現與日常生活息息相關。生活是現實主義文學的關鍵命題。對此，法國文評家及歷史學家泰恩（Hippolyte Taine, 1828-1893）認為寫實主義觀的中心特徵在於對「歷史」與「可觀可感的事實」（experienced fact）間的聯繫的強調。他強調的是"經歷"。更直接呼籲：「別再理會那些憲法理論、憲法體制理論、宗教觀、宗教體系觀什麼的，何不去瞧瞧工廠裡的人、辦公室裡的人、田野裡的人、看看他們所在的天空、大地、他們的房舍、穿著、田地、吃食……。」[4] 生活，在現實主義作品中無疑成為了寫作的一大命題。

　　吳岸的文學立場強調詩與生活空間是無法分割的一體。對於生活與詩之間的關係，吳岸解釋道：「寫詩的最基本的課題，首先是生活，其次才是技巧。因為生活給詩人提供了豐富的題材，確保了作品有充實的內容。有了在生活中的

---

[4] 琳達・諾克林著，習筱華譯：《寫實主義》，頁15。

親身感受，才有詩中的真摯感情和感人力量。」[5] 相對而言，吳岸認為生活內涵貧乏的作家寫出的作品「不可能是豐富的新鮮的如火如荼的社會現實生活。」[6] 這裡，我把吳岸創作背後的精神看成是尋找「真相」（truth），而描繪現實（reality）是吳岸進行現實主義書寫的一種策略。吳岸詩中的微妙處在於能將日常的所見所聞在詩中做出生動有趣的刻畫。其中，〈觀鄉村兒童演出〉（1982）[7] 充分對日常生活環境的進行有趣的細膩描摹：

> 樂聲起處
>
> 翩然
>
> 一群蝶兒飛出
>
> 擺動裙兒
>
> 張開翅翼
>
> 轉圈圈
>
> 笑嘻嘻
>
> 提起腳兒
>
> 往上踢
>
> 對啊
>
> 怎麼全都在半空僵住了？
>
> （原來音樂中斷了後臺錄音機出了毛病）

5　吳岸：《到生活中尋找繆斯》（吉隆坡：太平印務有限公司，1987年），頁17。

6　吳岸：《九十年代馬華文學展望》（砂拉越：砂勞越華文作家協會，1995年），頁175。

7　吳岸：〈觀鄉村兒童演出〉，《我何曾睡著》（雪蘭莪：鐵山泥出版有限公司，1985年），頁48-49。

詩的開始帶出「蝶兒」（兒童）們的從容入場，卻仍未透露蝴蝶的細節。詩中不乏現實主義作品中反映「真相」的例子。詩裡的「轉圈圈」、「笑嘻嘻」，「提起腳兒／往上踢」等「鏡頭捕捉」讓讀者感受到表演的詼諧與娛樂性。隨後突兀的「僵住了」是詩句中的重要轉折，音樂的戛然而止讓讀者期待後續發生。然而，吳岸在詩中也加入了註解，以期解釋音樂中斷的原因，作者一絲不苟地將所有「真相」以最簡潔的語言表達於詩中。這裡可以看出現實主義作家強調內容細述的模式，從讓讀者得到「全知」觀點進行創作。作者透過展露全然的「現實」（reality），反映「真相」（truth）的現實在詩中提供近乎所有可能的訊息。鼓勵讀者對主題的思考大於詩中過程的省思，也同時呈現出現實主義詩歌貼近生活及眼前所見的模式。

小蝴蝶

飛不得

好一陣搖搖晃晃似金雞獨立

急壞了

年輕女教師

音樂重響時

蝶兒又飛舞

急急飛

飛向久待的花叢

臺下一片笑

誰家老公公

笑得

　　詩的整體不足之處或許在詩歌直白的紀實陳述。詩中的溫馨與單純簡約的風格讓詩有了可讀性。作者善於刻畫場景的氣氛，以及兒童天真無邪的一面，讓詩能夠感動人心。詩尾老公公的笑聲也具有畫龍點睛的作用。笑聲在這裡絕對是沒有冒犯性的，它代表著純真的、無心機的一面。詩引導讀者去猜測老公公的身分。是作者吳岸？抑或是小表演者的爺爺？無論如何，詩中敘述了一段歡愉時間，讓人置身現場。詩歌中，兒童帶出的是不必多做揣測的「真實」，無需多餘的解讀與質疑，讀者隨著詩的純真而感動，簡單直接的現實刻畫讓人印象深刻，「現實」中的「真實」是吳岸詩的特色。

　　除了以反映「現實」來呈現「真相」，吳岸也強調了另一特點，即鼓勵「詩人的參與」。這能看出吳岸的現實主義除了是在作品的理論層面上有所要求外，也高度重視作者的「行為」，超越文本的現實，鼓勵作者參與「真相」的實踐，也是現實主義範式的擴大。

> 我覺得詩人既要參與創造未來的歷史，除必須深切關懷民族與國家的前途與命運外，應也是時代與歷史的見證者，而要做到這點，他必須親身參與社會和人群的活動。否則，他就無法創作出具有時代性及推動社會發展的作品。[8]

8　吳岸：《馬華文學的再出發》，頁26。

吳岸詩中對於「生活參與」的刻畫在下列〈亂瓦〉（1982）中有充分展現。[9]詩人主動評論社會的亂象，用「污煙」及「濃煙」顯示地方的污染，讓詩人深感不自在。隨後便是一場場不斷重複的場景描述。詩的前半部，讀者在閱讀中隨著詩人所引領的一段路途，在早晨望著一間間的店面開始營業，隨後又跟著腳步到了後巷，最後視野焦距到一雙顫抖的掌，整首詩的「視覺」感非常強烈，提供了詩人觀看街道狀況的視角。

> 還帶著金馬倫夜露的玫瑰
>
> 已在汽車污煙中啜泣
>
> 從烤肉乾的濃煙裡
>
> 鄧麗君
>
> 開始柔聲歌唱
>
> 咖啡店開了
>
> 百貨商店開了
>
> 神料店開了
>
> 新娘禮服店開了
>
> 中藥鋪開了
>
> 壽板店開了
>
> 拐入
>
> 後巷
>
> 謝絕了相命佬的真字
>
> 坐下來

9　吳岸：《我何曾睡著》，頁59-61。

叫了一碗福建蝦面

正驚覺背後爐火的炙熱

眼簾

已伸入

一雙顫抖的掌

太陽徐徐上升

天邊

何時

又增添一幢摩天樓

銀行

閃著耀眼的光

悄悄

把一抹影子

撒向這街市上的亂瓦

亂瓦下

人潮依舊

Lelong, Lelong

喊聲

競比高

　　在這裡，吳岸也提出一種對於「真相」的探索，和〈觀鄉村兒童演出〉的「擺明真相」相比，〈亂瓦〉更多讓讀者去「思考真相」。第一部分的開展宛如布簾序幕，開啟了城市的亂象。第二部分是將視線鎖定在市上的亂瓦上。詩裡「Lelong」（馬來語指大平賣）兩聲的喊起將閱讀視線從高

處瞬間向下墜落。詩人雖顯然對大平賣的叫喊有所厭煩，但讓人們進行思考的是，在城市中的大平賣中，被賤賣掉的是事物？生活環境？還是人類的道德價值觀？這些對於社會的批評與反思正是吳岸欲透過詩的「現實」來強調對「真相」搜尋的最佳證明。

　　迪爾特以福柯的思維出發，並指出「去尋找『人』的『真相』的意願（will），其終究結果是反過來使人成為被審視的『客體』（object）。傾向「真相」的意願也同時成為傾向權力的意願，因為被尋獲的『真相』便是構成（constitutes）主體的真相。」「真相」的追尋與反映不再只是一板一眼地在作品中刻畫場景或反映現實。強調詩人應該與社會空間有「互動」、有「參與」的想法將文學標準從文本中提升至作者的高度。作者的直接「參與」與「經驗」，使得文學作品不再只是作者個人的情緒書寫或是景物描摹，更多的是詩人與社會的「權力介入」與「真相反映」的互動關係。這與研究吳岸的現實主義寫作的理念關係密切。在與現實社會的互動中，吳岸從詩的空間探討世俗物質主義和資本主義進行對話的可能，這把我們帶到下一節中詩歌與文學空間的討論。

二、「權力」：文學的空間政治學

　　相較於其他文藝主義，現實主義文學與「權力」的關係更顯緊密。福柯論述中的政治（political）並不侷限在言語（language）中，而是試圖將「真相」（truth）解除，帶入「對話」（discourse）。[10] 砂拉越作為創作的書寫空間，吳岸的關懷面著重在砂拉越的發展上，這個關懷面在政治與族群的層面特別顯著。故此，這一章中會專注在吳岸作品與政治體系的狀態並觀察政治元素在吳岸詩歌中所留下的痕跡。從不同政治體系與砂拉越的關係討論「權力」（power）與「反抗」（resistance）之間的關係，試圖以文本研究砂拉越在不同「權力」之間的「論述」與「反論述」（discourse and counter discourse）的互動關係。因此，以下會重點關注吳岸在詩歌中及其生活空間底下的政治體系轉換之間的影響。

　　吳岸的創作脈絡中與不同政治體系的關係可以體現在與中國、布魯克（Brooke）、英國殖民政府、馬來西亞中央政府、砂拉越地方政府這五個政治體系中，圖二所示是吳岸的創作主題中所涉及的政治體系。

---

[10]　Mario Moussa and Ron Scapp, "The Practial Theorizing of Michel Foucault: Politics and Counter Discourse", (Cultural Critique, No.33, Spring, 1996), pp. 87-112.

| 中國政治 | → | 布魯克王朝 | → | 英殖民政府 | → | 馬來西亞國家政府 | → | 砂拉越地方政府 |

圖二：吳岸創作裡政治體系的演進

　　就政權流動的路線而言，砂拉越在政治體系上幾經更動。早期的中國南來作家雖已人在南洋，但心繫中國。他們在文學主題上與中國政治的動態緊密聯繫。然而，對於中國政治，吳岸的立場與許多同時期嚮往回歸祖國（中國）的作家迥然不同。身為移民三代，就作品而論，吳岸的本土（砂拉越）作家意識相當明確。[11]

　　布魯克王朝統治時期從一八四一年到一九四一年，這一百年間一共有三位拉者（Rajah）接連統治著砂拉越。[12] 在布魯克王朝時期，發生於一八五七年的「石隆門華工事件」在砂拉越華人歷史中是起重要事件。砂拉越歷時研究者李海豐（1976-）在其書《尋找劉善邦》提及該事件具備的指標性：「從事砂拉越華人歷史研究者，是無法回避石隆門華工起義這個重大歷史課題的研究範圍的，因為華工起義在砂拉越歷史發展的流程上，尤其是對白人拉惹布洛克政權的建立、挫折、重建，乃至對後來克家族群在本土的發展態勢，都扮演舉足輕重的角色。」對於重大歷史事件，吳岸也以〈石龍門〉（1953）一詩來紀念自己置身「石隆門」時與歷史錯位的感嘆。[13]

11　論文的第五章中的第一節有更多關於吳岸與中國的論述。
12　三代拉惹分別是：第一代拉惹詹姆士・布魯克（James Brooke）統治二十八年（1841-1868），第二代拉惹查里士・布魯克（Charles Brooke）統治五十年（1868-1917），第三代拉惹維納・布魯克（Vyner Brooke）（1917-1941）。
13　吳岸的詩中的將石隆門的「隆」改為「龍」。吳岸：〈石龍門〉，《破曉

這兒的人們如何也忘不了：那一次，十多年前的一個
動蕩不安的夜晚

一個沒有月亮的夜晚

在你的鎮上忽然起了大火

紅色的火舌接著黑色的天

吞滅了人們血和汗結成的果實

剩下的只是焦黑的土地

和人們的哭泣

關於石隆門事件的始末，格雷・洛卡德（Craig Lockard,
1942-）在文章〈一八五七年砂拉越華工叛變：一個新的評
價〉中指出，「石隆門華工事件是一個華工對布魯克長期不
滿而釀製事件的發生。布魯克與石隆門裡華工的公司之間經
常因不同的事端而發生衝突，尤其涉及統治權的問題。」[14]
石隆門華工叛變事件是華工對於西方布魯克政權的一次推翻
運動。在整個砂拉越發展史中，石隆門事件展示了砂拉越華
人與政權機制的對抗。

針對石隆門事件，吳岸自述道：「（石隆門）在十九世
紀是華人聚居開金礦的市鎮，華人以『公司』的形式，建立
短暫的中國封建式自治社會。一八五七年暴發了反抗白色拉
者統治的著名的石隆門華工事件。這個社會在英殖民主義武

時分》，頁37-41。細節請閱田農編：《馬來西亞砂拉越華文詩選（1935-
1970）》（砂拉越：砂拉越華文作家協會，2007年），頁23-27。

[14] 格雷・洛卡德（Craig Lockard）著，蔡增聰譯：〈1857年砂拉越華工叛變：
一個新的評價〉，蔡增聰：《砂拉越華人研究譯文集》（砂拉越：砂拉越
華族文化協會，2003年），頁52。

力的鎮壓下被消滅。」[15] 往前回溯，〈石龍門〉著於一九五三年，那時的吳岸不過大約十五歲。雖是少作，但他在詩中充分地展露出對於歷史與社會的洞察力。詩人猶如說書人般將石隆門事件陳述。詩句中「吞滅人們血和汗」，「人們的哭泣」等更多展示吳岸對於華工受欺壓的深刻同情。吳岸進入歷史提煉詩歌的寫作元素，回顧當下有所偏差的真相，企圖反映的便是現實中的族群、政治等元素，同時也以詩歌為歷史的發生留下紀錄。

在一九四六年，砂拉越從布魯克政府轉交英殖民政府，開啟了英殖民在砂拉越多統治時代。砂拉越研究學者蔡存堆（1935-）認為華族在一九四六年至一九四九年年間對於砂拉越讓渡的華族態度表示：「這個時期華族的政治思想似乎是看不出其主流的趨向」。[16] 然而，相安無事的日子並不長，從一九四九至一九五六年之間，華人的反殖民情緒持續醞釀。吳岸的〈那年的春雷〉只有短短的六十三字，但卻值得關注。這首詩反映的除了是一九五〇年十月二十九日的反殖民主鬥爭，也與吳岸個人有著直接的關係。當時，吳岸的兩位哥哥也參與反殖鬥爭。擔任學生領袖的二哥被迫離開砂拉越，三哥則被開除學籍。[17] 詩人以「一聲春雷／響在赤道的冬季／驚破了／一個世紀的陰霾」強而有力地刻畫了十月二十九日學生運動在反殖民活動的開創，以及對推動後續的

---

[15] 吳岸：《馬華文學的再出發》，頁23。

[16] 饒尚東，田英成：《砂勞越華族研究論文集》（砂拉越：砂勞越華族文化協會，1992年），頁197。

[17] 吳岸：〈那年的春雷〉，《美哉古晉》，頁39。關於吳岸的童年，可參考：甄供：〈詩人與詩的誕生〉，《生命的延續：吳岸及其作品研究》（雪蘭莪：新紀元學院學術研究中心出版，2004年），頁1-11。

反殖民運動有著重要的意義，也是吳岸童年時候政治帶來的一個巨大震撼。另一首詩〈查爾斯布魯克紀念碑〉述說了更早以前的布魯克家族統治砂拉越時期的事件。吳岸在著作《砂拉越史話》中對查爾斯・布魯克（Charles Brooke, 1829-1917）有較為詳細的論述。[18] 以下可試從吳岸的詩與史話論述中進行對照：

> 查爾斯即位後，便立即改變統治的手段和策略，一面繼續征討叛亂的土著，一面強調社會的安定與改良。他致力於緩和土著對白人的不滿情緒，並設法培養他們對白人統治的好感與效忠。[19]

> 宣布他（查爾斯・布魯克）的施政方針，即尊重砂勞越人民的宗教信仰、權利、特權、及禮法。在未獲得國家議會中領袖們的同意之前，不得改變任何舊有的法律與風俗。[20]

> 查爾斯的統治策略的特點，是允許土著民族通過各自的酋長參與政府。身為一個曾經以武力征服土著民族的殖民地軍人和政治家，他在治理土著問題是有其獨到的看法的。[21]

---

[18] 吳岸在歷史著作《砂拉越史話》中採用自己的原名丘立基。詳細內容請參考丘立基：〈查爾斯・布洛克〉，《砂拉越史話》（砂拉越：黃文彬報業機構，2003年），頁121-126。

[19] 丘立基：《砂拉越史話》，頁123。

[20] 同上。

[21] 同上。

從以上引句中，我們可以觀察丘立基（即吳岸）在《砂拉越史話》中表述的是客觀史實，但也對查爾斯持有較為正面的想法，〈查爾斯布魯克紀念碑〉中關注的則是對腳下土地在經歷王朝興衰與歷史洪流之後的感嘆。詩的開始帶出了「王甲的咒語」、「沙立夫砂荷的短劍」、「仁達的炮火」，象徵著布魯克王朝所面對的不同抵抗與鬥爭。象徵政治統治命脈的「法庭前那荷蘭式的大鐘樓」已停止。然而，「依然奔流不息」的砂拉越河水並不因政治動盪而靜止，砂拉越的土地仍繼續運作著。詩人正在感嘆布魯克王朝山河依舊但物是人非。詩的末句又將焦點轉移，「誰也沒有注意到／他的石雕下／刻著布洛克王朝的座右銘DUM SPIRO SPERO」又再次開啟歷史政權的重新思考。「Dum Spiro Spero」這句「我呼吸，我生存」再次喚醒人們對布魯克王朝統治底下的永久影響與記憶。

　　一九五六年至一九六三年正式掀起反殖民運動的時期。[22] 當時有許多的砂拉越子民加入了反殖行列，其中一人便是吳岸。吳岸在二十九歲時因參與反殖民運動而遭受十年的牢獄之災。吳岸被關進集中營十年是一九六六年的事，這十年在集中營裡度過的光陰也是吳岸創作生涯的重要歷程，在很大程度上影響了吳岸的創作風格。吳岸也在詩歌中紀錄了自己在集中營的經歷，其中，〈人行道〉（1978）與〈靜夜〉這兩首詩都刻劃了吳岸在集中營的生活及失去自由的的心理狀態，兩首先後羅列在下[23]：

---

[22] 饒尚東，田英成：《砂勞越華族研究論文集》，頁202。
[23] 吳岸：〈人行道〉，《達邦樹禮讚》（砂拉越：砂拉越華文作家協會，1991年），頁9；吳岸：〈靜夜〉，《達邦樹禮讚》，頁5。

在一畝天地裡
人行道太漫長
清早
踏著它踱步
黃昏
踩著它踱步
一月
一年
十年
竟無法抵達它的盡端
在一畝天地裡

十年無音訊
萬里江山
夜夜如夢來
夢回
燈殘
牆高
門深鎖
我不眠
夜亦不眠
聽牆外風雨
有萬馬奔騰

吳岸的寫法超越現實，將自我情緒與情境進行結合，

實際突破小我情懷，而緊密回扣大我的現實。一九七六年，吳岸重獲自由之後的詩與馬來西亞的關係更為密切。在入集中營之前，吳岸只出過一本詩集《盾上的詩篇》，另一本詩集《達邦樹禮讚》則是十年之後的出版詩集。從這兩本詩集裡的一些詩，我們也能觀察到當中的態度與技巧上的不同。對此，吳岸並不避諱或否認，反以輕鬆的方式表達在集中營日子的無奈：「那當然，那個時候沒有呼吸，後來就有呼吸了。因為中間間隔了十年在監牢。在監牢做過，所以多多少少會影響到自己的心情」。[24]《盾上的詩篇》中，我們仍能看到一些口號式的詩歌如〈在高山之巔〉（1959）「愛歌唱的朋友，高歌吧！／要讚美的朋友們，讚美吧！／在祖國廣大的胸懷裡／打開我們純潔的胸懷吧！」[25] 和〈第一次飛〉（1956）「飛吧，飛到太陽燃燒著的地方／飛吧，飛到朝霞圍繞山岩的地方／飛吧，飛到河水在歌唱的地方／飛吧，飛到有你的兄弟在飛翔的地方／追尋，不能遲疑了。」[26] 這類接近口號式的詩歌在當時政治氣氛濃郁的年代並不是稀奇的特色。反觀詩集《達邦樹禮讚》中，我們能看到的是吳岸對意象的斟酌，文字的錘鍊度也有所提升。如〈椰頌〉「根／深植在悲哀的泥土裡／默默地／把大地的眼淚／釀成瓊漿玉液」[27]，〈今夜且讓我安睡〉（1980）「像船／緊張著帆／繞過暗礁／闖過巨浪／自清晨／駛向黃昏的

24　附錄：吳岸訪問。

25　吳岸：〈在高山之巔〉，《盾上的詩篇》（香港：新月出版社，1962年），頁81。

26　吳岸：〈第一次飛〉，《盾上的詩篇》，頁84-97。

27　吳岸：〈椰頌〉，《達邦樹禮讚》（吉隆坡：鐵山泥出版有限公司，1982年），頁10。

港灣」。[28] 雖然這兩本詩集在風格上也不盡相同,但這些詩皆與吳岸的個人政治陰影脫離不了關係。

十年前後的差距就文學技巧上存在著顯著轉變。除此之外,對政治體系宣洩的程度都有所差異。馬來西亞政權統治砂拉越從一九六三年開始。相對於反殖民者的明確態度,吳岸在馬來西亞華族與馬來西亞政府的姿態就略顯隱晦,較多以內心吶喊模式,黯然擔憂文化的遺失。

> 我俯首
>
> 那震天撼地的春鼓
>
> 也隨之沈寂
>
> 人的山
>
> 如夢
>
> 初醒
>
> 遂溶落成海成河
>
> 依依歸去
>
> 廣場上
>
> 遺留
>
> 幾許孩童的回眸
>
> 流連
>
> 流連於我
>
> 凜凜的犀角
>
> 颼颼的眉須
>
> ……

---

28 吳岸:〈今夜且讓我安睡〉,《達邦樹禮贊》,頁89-90。

不　不

我並未睡著

我何曾睡著

我在夢中

醒著

我醒在

夢裡

這斗室晨昏不分

歲月似流水無聲

但我聽見

季節的腳步

感受

人世的悲歡

當椰風送走

炎炎的長夏

蕉風來報

南國的春訊

當鄰家的孩童

在院子裡

敲打起

木箱鐵桶兒

咚咚鏘

咚咚鏘

我就睜眼

就昂頭

滿心祥瑞、再次向人間

躍騰[29]

上列〈我何曾睡著〉（1983）提醒著周圍的人，詩人
處在一種被動的狀態下關注周圍發生的事。顯然，歷史與當
下交織而成的「真相」迫使吳岸撐開眼睛，讓他有拒絕渾噩
的意識。〈我何曾睡著〉當中探討的便是與馬來西亞華人社
會議題有關。在一次演講中，吳岸說明自己的創作意圖「多
年以來，儘管華人社會一再要求，政府依然不肯把舞獅藝術
列為官方文化節目之一，這事件頗為引起華人社會的議論，
也觸發了我要寫一首以舞獅為題材的詩的念頭」。[30]〈我
何曾睡著〉。突出了華族在馬來西亞作為少數族群底下的壓
抑，及披露了馬來西亞政府在種族文化上開放度的不足，雖
然被政治氛圍壓迫著，但卻對於周圍的不公了然於心。

上述探討的是吳岸詩歌中歷史與政治的走向有的不可分
割的關係。整體上，對吳岸而言，詩歌與社會的發展有直接
的關係。吳岸就七〇年代以前及七〇至八〇年代的馬華文學
整體發展提出自己的看法，指出在七〇年代以前，「它（文
學）是很具社會性的……前輩作家在他們的作品中反映了馬
新以至整個南洋地區的現實，包括政治環境的演變，勞苦大
眾的生活」。[31] 到了一九七〇至八〇年代，現實主義也隨
之跟進，「我們曾有一些詩歌、散文、小說或其他形式的作
品，在不同的程度與層面上，反映了這一時期社會現實，人

---

[29] 吳岸：〈我何曾睡著〉，《我何曾睡著》，頁81-85。

[30] 吳岸：《到生活中尋找繆斯》，頁24。

[31] 吳岸：《馬華文學的再出發》，頁16。

民的生活與精神面貌……」。[32] 吳岸為社會而寫作的中心思想與地方歷史的刻劃都是吳岸建立詩人身分的方法。「權力」在現實主義作品中突顯了文本與社會的張力。展現的張力除了在政治上得到明顯的展示之外，在族群，文化等元素中也能看出關聯性。因此，除了真相的探尋及體系的抵抗之外，吳岸詩中對「主體」的認證與規範則更顯重要。

---

[32] 同上，頁17。

三、「主體」：從理論界限到身分建立

　　詩歌中的「個體」（individual）或「主體」（subject）
具有高度可塑性。它可以是具體的（如人，物品，地方），
或抽象的（如信仰，文化）。以福柯的詮釋為出發點，「權
力」對於這些個體而言是有利益的。其中，「權力」不應只
有負面的呈現，而是有生產的能力，而這種生產：「對於個
體及知識（knowledge）都有益處」。[33] 身為一名詩人，吳
岸在「權力」與「真相」之間選擇與游移，以詩為媒介，創
造出自己關注的主題的詩，以便與其他主體形成關係網絡。
換言之，吳岸現實主義的詩歌中具有真相的知識，透過傳播
而逐漸形成一種認知，這種認知的鞏固逐漸發展成一種身
分的塑成。以吳岸的創作策略而言，知識的投射是以砂拉越
周圍的景物為主體，詩的傳播成了以砂拉越為主題的書寫策
略，建立起砂華詩人或砂拉越華人的身分。

　　吳岸強調了現實主義創作理念，應具有與時並進，達
到了書寫特色多元化的展現。在一九五〇年代時，吳岸認
為「詩應反映社會」，或者是「詩人應參與社會生活」的問
題都並不存在，並強調「在我們（吳岸與其他早期詩人）還
未提筆寫作之前的學生時代，就已經參與帶有反殖民主義的
學生運動。讀詩與寫詩，都自然成為一種激發與表達自己生

---

[33] Dieter Freundlieb, *"Foucault and the Study of Literature"* p. 332.

活感受的途徑。」[34] 但在七〇年代以後，吳岸步出集中營後，便立刻意識到馬華詩壇經歷了的巨大變化。然而，吳岸依舊堅持現實主義文學存在的必要性，並說道：「有人對我說，現實主義已經過時，現代主義已取代成為文學的主流。我並不對現代詩的在詩形式上的創新有什麼異議，但對許多現代詩內容遠離社會的程度，感到驚異。我發現我們的詩人，不再是社會運動的參與者了」。[35] 因此，吳岸認為現實主義是一種能夠隨著時代要求而改進的文學主義，現實主義寫作應該強調「參與時代」，並堅持詩人必須依循社會改變而與時俱進的原則。

　　吳岸強調的是一種入駐生活的文學信念，並重複表示現實主義的寫作技巧必須「與時代同步」，並指出：「現實主義的詩，非常講究創作技巧，不過它反對在脫離生活、脫離詩的內容的情況下，片面地追求詩形式的多變和新奇。現實主義者認為，技巧的運用，只有在為詩的內容服務的基礎上，為完成創造藝術形象，才有意義。」[36] 這裡，學者諾克林談到西方現實主義的「時代性」或可提供一些方向：「藝術家與作家有三種『與時代同步』的方法可以採納。」一是他可以試著以傳統藝術或文學的象徵或譬喻來表達他那個時代的理想、成就或渴望。二是他可以堅持，『時代性』這個詞暗示的就是一個人必需要與他那個時代的代表性具體經驗、事件、風俗及面貌作一實際性的接觸並作嚴謹……。最後是他可以將「與時代同步」理解成「領先時代」。[37]

---

[34]　吳岸：《馬華文學的再出發》，頁23。
[35]　同上，頁24。
[36]　吳岸：《到生命中尋找繆斯》，頁18。
[37]　琳達・諾克林著，習筱華譯：《寫實主義》，頁131。

現實與文學共處在同一時間點上是現實主義文學的重要原則之一。

　　顯然，當中所出現的悖論也能被輕易察覺。在解讀現實主義作品時，即使其論述如何近似現實，我們也能意識到該作品無法與現實等同的事實。因此，作為一種「再現體」（representational form），現實主義的作品不會（也不可能）是和再現的事物相同的個體。況且，潘・莫里斯（Pam Morris, 1940- ）在《現實主義》（*Realism*）一書中提到，「書寫需要經過選擇與順序排列調整，這些更動都與作者的個人主觀判斷及價值觀脫離不了關係」。[38] 由於生活各個面向都可以進入現實主義的主題。因此，「典型性」與「形象化」的過程便顯得格外重要。對此，吳岸提議「唯一的辦法，就是對生活題材加以深入的分析研究，取捨、選擇其中最具有特徵和代表性的部分」。[39] 另一方面，就不同「主義」的優缺點，吳岸則較顯客觀。「現實主義作家未必就對社會有充分的理解。恰恰相反，他們往往跟不上迅速發展的現代社會，特別對現代人的思想和心態缺乏瞭解……同樣的道理，現代主義作家在突破了自我的小天地之後，在運用他們的創新的文字技巧來表現社會生活時，則顯然存在著一個如何認識與揭示事物本質的問題」。[40]「主義」定義上的流動性與不確定性是一直存在的。吳岸作品中的文學技巧屬於哪一種文學流派也引發許多評論者的討論。以下會著重探討吳岸創作中的「雜糅」特性，並從中解讀吳岸深層的文學主

---

[38] Pam Morris, *Realism* (New York: Rouledge, 2003), p. 4.

[39] 吳岸：《到生命中尋找繆斯》，頁19。

[40] 吳岸：《馬華文學的再出發》，頁10。

義特色。

在「現實主義」之外，吳岸在寫作中也參考其他文學主
義，特別是浪漫主義的層面，其詩歌中所展示的論述相當多
元。除了現實主義的多種層次外，吳岸的詩中也有現代主義
與浪漫主義的痕跡。就現代主義而言，中國學者黃侯興認為
「他（吳岸）的詩風詩形有時貼近現代派，更具立體感，更
具有聲音、色彩、光線的效果，豐富和深化了他的現實主義
的內涵。」[41] 另一位學者陳劍暉也認為：「吳岸的意義，
在於他將現實主義的傳統與現代主義的表現手法巧妙地糅合
在一起，並兼具有中國詩的風韻和鮮明的馬來西亞鄉土特
徵」。[42]

雖然上列學者從手法上推斷吳岸作品含有現代主義色
彩，但就創作理念而言，吳岸個人對於現代主義創作持有保
留態度，並指出「雖然現代派的興起是必然與合理的」。但
是，同樣的情況在砂拉越並沒發生，「許多現代詩作者熱衷
的鄉愁、孤絕感、死亡、黑色意識等的主題，在很大程度上
是對西方現代詩的摹擬」。[43] 此外，吳岸也不贊同現代主
義與社會的脫離。就文學理論的立場來看，吳岸認為自己的
詩是與現代主義相距甚遠：

> 現代主義並未完全脫離社會，因為即使是如鄉愁、黑
> 暗意識、孤獨感、死亡性苦悶等的現代文學主題，也
> 在某種程度上，通過自我的角度，反映了華人社會的

---

[41] 甄供：《生命的延續：吳岸及其作品研究》，頁316。

[42] 同上，頁317。

[43] 吳岸：《九十年代馬華文學展望》，頁19。

一部分人的心態，但由於它的狹小的自我與消極性，他與社會存在著很大的距離。[44]

在現代主義之外，浪漫主義在吳岸的詩中則明顯。吳思敬教授表示：「我更寧願把吳岸看成是一位浪漫主義的詩人……而吳岸的現實主義則體現在一種現實主義精神。」[45]馬華文學與浪漫主義有著緊密的關係。鐘怡雯（1969-）則從馬華文學體系做出解釋，認為書寫的大傳統與浪漫主義無法分隔，只是我們沒有意識到浪漫主義長久以來的存在，她指出：「無論西馬或東馬，浪漫主義總是被現實主義的巨大身影遮蔽，或誤認，成為歷史的一抹暗影。」[46]從西方理論上觀察，現實主義與浪漫主義的界線並非一分為二。諾克林以「唯當代者方可入畫」為例，指出該說法雖然是浪漫主義的概念，但卻在現實主義論述中得到具體意義。[47]因此，要完全在文學作品中將現實主義與浪漫主義做出全然分割顯然困難重重。

就文學理論來說，現實主義文學總與浪漫主義文學看似位處理性與感性的兩端。浪漫主義理想化地呈現人生：有跟多的「意境」（picturesque），「美妙」（fantastic）與「歷險」（adventurous），而現實主義則呈現「如實的生活」（represent life as it really is）。[48]然而，吳岸的想法不侷限

<hr/>

[44] 吳岸：《馬華文學的再出發》，頁6。
[45] 黃候興編：〈吳思敬先生的發言摘要〉，《詩評家眼中的吳岸：吳岸詩歌評論集》（北京：中國社會科學院僑聯海外交流中心，1999年），頁136。
[46] 鐘怡雯：《馬華文學史與浪漫傳統》（臺北：萬卷樓圖書股份有限公司，2009年），頁80。
[47] 琳達‧諾克林著，習筱華譯：《寫實主義》，頁130。
[48] M.H.Abram, *A Glossary of Literary terms*, (wadsworth: Thomson, 2005), p. 269.

在主義性質的限制，並認為詩應該將現實主義和浪漫主義結合。吳岸表示：「現實主義的優秀詩人們，總是善於把浪漫主義的手法和現實主義的寫法糅合在一起。……文學創作，不能離開現實，也不能離開美好的理想，這就構成了現實主義與浪漫主義的結合運用。」[49] 至於吳岸的浪漫主義，其詩有許多現實主義與浪漫主義相結合的作品。當中，〈鵝江浪〉（1979）可算是現實主義與浪漫主義筆調糅的經典例子。吳岸記述自己與好友烏斯曼・阿旺（Usman Awang, 1929-2001）的一次出外經驗。當中吳岸對友人的記述與其詩歌的呈現可形成有意思的對讀：

> 後來有一天，我在吉隆坡，烏士曼・阿旺在的時候，他帶我到女人街去，用馬來文朗誦起來，聽的很多是這個馬來的官員，朗誦以後，他們每個人都笑，都笑得很厲害，我就問烏士曼・阿旺，我說為什麼他們這樣笑。他說，你不知道。我們馬來人在過去的話，政治、經濟、文化都很低落的。但通過獨立以後，我們奮鬥以後，你的詩寫的正是我們的心情。這個就是我們想不到的事情，始料不及的東西。[50]

> 江水浩蕩
> 波濤洶湧
> 是誰
> 駕一葉扁舟

49　吳岸：《到生命中尋找繆斯》，頁10。
50　吳岸訪問。

飄向彼岸？

浪落時

不見了蹤影

久久

久久

啊呀呀

莫非那舟兒人兒

都已在浪裡葬身

待到浪起時

卻只見

馬來母女倆

手把槳兒

笑吟吟

坐在浪峰上……[51]

　　詩中描寫在小扁舟上的一對馬來族母女在江上面對浩蕩
的江浪且能自適其中。帶出了馬來族對生活自在且堅韌的個
性。詩歌結合了寫實特色與浪漫氣息，反映了馬來族群的歡
樂圖景。此外，也有評論者提出另一種解讀，將〈鵝江浪〉
與愛爾蘭詩人詹姆斯・史蒂芬（James Stephen, 1882-1950）
的詩歌從反應現實的層面提升為對於人生的思考，認為兩者
相同之處在於史蒂芬的詩在形容海浪波動的同時，也「嘗試
製造出一種對於人生的解讀（interpretation of life）的特別印

51　吳岸：〈鵝江浪〉，《達邦樹禮贊》（吉隆坡：鐵山泥出版有限公司，
　　1982年），頁32-33。

第三章　超越現實

象」。[52] 這裡不欲對吳岸詩歌中的哲理性做出深入探究，重點在吳岸詩歌中，浪漫主義的情調與現實主義的敏銳觀察，在吳岸的創作中，我們看到了他將兩者都使用得當，進而形成詩歌的風格。

　　每個地區具有其特殊的語言及生活習俗，文學亦然。砂拉越的地理條件與人文特色形成砂華文學的獨特景觀。有鑒於此，相對於將文學從一個國家的觀念來定位，這裡的主張更傾向於將砂華文學視為一種具獨特性的地方文學。作為砂華文學在地的詩人，吳岸在作品中從現實主義寫作原則出發，但從本土「真相」的反映與「權力」介入到「主體」的建構，我們看到的是一種文學界限的試探與拉扯，以致重視砂拉越空間的「吳岸書寫」存有超越傳統現實主義式的書寫特性。

---

[52] Goat Koei Lang- Tan, "Waves of Experiences: The Individual Conception of Chinese and Western Poetic Tradition in the Poems of Wu An, a contemporary Malaysian Poet", Edited by Dr Wong Yoon Wah and Dr Horst Pastoors, *Chinese Literature in Southeast Asia, 2nd International Conference on the Commonwealth of Chinese Literature: Chinese Literature in Southeast Asia- Research Contributions from the Federal Republic of Germany 15.8.1988-19.8.1988 (Zweite Internationale Konf;* Singapore: Goethe-Institut Singapore and the Singapore Association of Writers, 1989) , p. 180.

第四章

確實本土

砂勞越是個美麗的盾
斜斜掛在赤道上
年輕的詩人，請問
你要在盾上寫下什麼詩篇？

讓人們在你的詩句中
聽見拉讓江的激流聲
聽見它在高山、平原和海洋
所發出的各種美妙的語言

一支筆，一個偉大的理想
太陽和星星照在你的頭上
在生活、書本和偉大的先師
的光輝中尋求你的思想和力量

寫吧，詩人，在這原始的盾上
添上新時代戰鬥的圖案
寫吧，詩人，在祖國的土地上
以生命寫下最壯麗的詩篇 [1]

　　以上這首〈盾上的詩篇〉是吳岸其中最早且最具代表性
的一首詩歌。詩中的「盾」意指砂拉越的地理圖形，而以砂
拉越為主題創作，也成了吳岸超過半世紀以來的核心主題。
正因為吳岸創作中砂拉越的如影隨形，本章重點在於梳理吳

---

[1]　吳岸：〈盾上的詩篇〉，《盾上的詩篇》，頁72-73。

岸如何開展砂拉越的本土書寫，透過歸類與分析的方式推展出吳岸創作中的本土視野與思維，以砂拉越為空間板塊，分成場所（place）、路徑（path）和範域（domain）來俯視吳岸的創作世界。臺灣學者范銘如（1964-）在研究文學與地理的關係時借鑒了現象學建築學學者諾伯格・斯卡爾茲（Christian Norberg-Schulz, 1926-2000）的場所研究，建立起從地方到場域的脈絡論述。

> 場所是指以自我為中心，從家為核心往外擴展的社交活動地點，有顯著的範圍或界限，具有親近、集中和封閉性等特徵。路徑則是人類活動的軌道，連接兩個已知場所或從既知場所所引導致未知地點。凡走過留下的路徑，既表現人的意志亦是線性的連續。路徑將生存空間性形成更特殊的範域，綜合河海、山嶽等地理條件或政治經濟因素區隔出複雜的範域模式。範域具備充足的意象，詩人想象生存空間的一致性，進而建立起人與自然環境間的秩序。[2]

以上列對於「場所」、「路徑」與「範域」的界義，用在砂華文學上可突顯地方文學的獨特性之外，也了解到本土特色在文學場域中的位置。從而能借以理解吳岸本土書寫的落實。本章中也以此三個層次作為討論的集中，探討吳岸在本土與現實主義結合的寫作生產，進而深入探究作者的文學理念。

---

[2] 范銘如：《文學地理：臺灣小說的空間閱讀》（臺北：城邦文化出版，2008年），頁155。

一、進入鄉土：從文學「獨特性」到地方「本土性」

上一章已確認吳岸的創作從現實主義出發，也因為與本土元素的糅合，而超越傳統現實主義的範疇。對於砂華文學場域裡所生產的文學作品，吳岸個人則將其定位在「鄉土文學」，並表示：

> 砂華文學應該是砂勞越的「鄉土文學」……砂勞越的鄉土文學，就其性質上說，就是根植於砂勞越這個壯麗的自然環境和多元民族社會的現實主義的文學。[3]

然而，我們會產生疑問。吳岸為何會將「砂華文學」定位為「鄉土文學」？作為參考，在鄉土一詞擁有較廣泛使用的臺灣文學場域或許能提供我們一些解答。研究臺灣鄉土文學的陳惠玲對於「鄉土」進行的解說給予了相關線索：

> 就「鄉土」最素樸的本義而言，人類建立家園之地都是鄉土，廣義「鄉土」指的就是「出生與成長的地方」。然而，若就引申義而言，「鄉土」則是經由「命名」權力而定位於更廣大的文化敘事中的「地

---

[3] 吳岸：《馬華文學的再出發》（砂拉越：馬來西亞華文作家協會，1991年），頁115。

方」。[4]

上述定義中可理解到「鄉土」一詞所具備的多層意涵，從其意指家園生息的空間已經跨域時間的限制，它與個人的生命話語及文化述說都有著緊密聯繫。這裡我們可以進一步瞭解到吳岸所謂的「鄉土性」並非只是單純作為與城市對應的鄉村，而是更為廣大的「地方空間」。就吳岸的作品而言，砂拉越的地志書寫可從場所、路徑、範域的三種模式中產生，其中的關鍵在於文學與地方的結合關係。此外，陳惠玲也詳細列出鄉土文學中四種鄉土的體現，分別為：一、人與土地上的故事。二、人與自然地理所構成的地方感。三、地方的生活經驗與記憶。四、地方的歷史積澱。[5] 當中，前述觀點的「土地」、「地理」、「經驗」、「記憶」、「歷史」等關鍵詞都與本土性息息相關，這些觀點及視角也與吳岸對砂華文學的解讀做出呼應，有助於理解吳岸的文學理念中砂華文學的鄉土內涵，這些不同面向的本土元素的結合，進而產生以文學的地方性與特殊性：

> 鄉土文學，意味著作家在創作上必須以自己的鄉土為立足點，在作品中反映本土社會現實生活，因此鄉土文學在本質上是現實主義的文學。鄉土文學也意味著作品所反映的人物事物、社會環境和自然環境也是本土的，如果它們是真實的，就必定是具有本土的特徵

---

[4] 陳惠玲：《鄉土性‧本土化‧在地感：臺灣新鄉土小說書寫風貌》（臺北：萬卷樓圖書股份有限公司，2010年），頁6。
[5] 同上，頁183。

和色彩的，因此鄉土文學也是一種具有明顯的獨特性
的文學。[6]

砂華文學自開始即循現實主義的創作路向。因此，其
作品在不同程度上反映了砂勞越的社會現實，各民族
人們的生活面貌及本地的自然景色，具有強烈的地方
特色，這一特色也成為砂華文學在馬華文學中獨具的
特徵。[7]

上列引文顯示，從現實主義出發的吳岸最為關注的是
地方性，通過地方性進而確實了文學中，吳岸書寫所見所聞
的本土策略。因此，從現實主義到本土性具有一種演化的發
展。更加確切地說，吳岸反映的現實是砂拉越，甚至可以縮
小至古晉，即其生活的主要空間與場所。就作者的文學理念
而言，吳岸強調砂華文學如要建構其獨特性，首先應該確立
地方性與時代性：

砂華文學寫作者應該重視創作具有獨特性的文學，這
種文學，就是根植在砂勞越本土的社會生活與自然環
境的、具有地方性與時代性的、具有華族民族性並融
匯州內其他各民族藝術風格的、具有創新技巧的砂勞
越鄉土文學。[8]

---

[6]　吳岸：《馬華文學的再出發》，頁124。
[7]　同上，頁115-116。
[8]　同上，頁126。

下一段則更清楚提出地理、社會、歷史、民族與風土的重要性：

> 由於砂勞越在地理、歷史、社會及民族結構，文化背景等異於外國以及西馬半島各州，作為馬來西亞華文文學的組成部分的砂勞越華文文學，具有它的明顯獨特性。[9]

　　這些因素的組合致使砂華文學與其他地方文學的區別。這裡應有一個先覺的概念，即地方性的寫作並非故步自封，也不欲與國家邊界形成挑戰。地方性在文學中的強調可作為一種豐富文學場域互動的嚮往。因此，文學發展不應忽視在地獨特性的文學內容，及其所能帶動地方文學的重要性。砂華文學的倡議非但不會與馬華文學的整體性和諧產生衝突，相對的，吳岸認為將砂華文學地方性的突顯豐富了馬華文學的發展，並強調：「作為馬來西亞文學的一個組成部分的砂拉越華文文學，也應該有其不同於國內其他地方的地方特徵」。[10] 因此，吳岸長期以來不曾捨棄本土書寫。在理解本土性的發生與內容發展之後，下節會細部審視吳岸如何以文本中實踐本土，從中探析其「本土」的書寫模式，瞭解作品中不同「主題」之間的碰撞，逐而重新構建（re-constitute）與確立砂拉越本土性。

---

[9]　同上，頁125-126。
[10]　同上。

二、地志圖貌：場所書寫的實踐

　　地志與記憶是吳岸作品的重要主題，也是吳岸在建構砂拉越場所書寫與形成詩歌風格的重要一環。就記憶而言，研究北美洲華文詩歌的回憶主題時，張本梓（Benzi Zhang）說道：「與歷史對比，記憶（memory）有著在銜接與延續亞裔離散族群的日常生活中具有更為自由的流動性。回憶（remembering）的舉動對於無法掌控主流歷史的亞裔離散族群而言，是發展自我文化傳統的最佳方式。」[11] 在地方與記憶的對映關係方面，法國歷史學家皮埃爾·諾哈（Pierre Nora, 1931-）有精辟入裡的見解，其文章〈記憶的地方〉（Les lieux de memoire）中說明：「當我們在某個地方搜索記憶結晶與某個歷史時刻，雖然記憶有可能撕裂（torn）後，地點有可能不存在，但記憶仍卻會形成一種歷史感延續著。記憶的地方（lieux de memoire）的產生是因為『真實環境的記憶』（milieu de memoire）已經消失」。[12] 這段話明確表示記錄此時此刻的重要性，因為沒有一個地方是永久存在的，記憶卻能延續已經逝去的地方景象，本土文學的論述便有讓地方記憶長久延續的可能。

　　在吳岸的詩歌中，地方與記憶不斷建構與消解，建立起

---

[11] Benzi Zhang, *Asian Diaspora Poetry in North America* (London: Rouledge, 2007) p. 82.

[12] Pierre Nora, "Between Memory and History: *Les Lieux de Memoire*", *Representations 26*, (Spring 1989), p. 7.

個人與地方的歷史印記，場所敘述在這裡也得以鋪展，以詩歌來構築自己與地方的情感。這既是創作風格，也是對於詩人的人生經歷與情緒的重新安置（re-allocate）。以吳岸的〈山坡下的木屋〉為例，詩中描寫敘述者的妻子，每當經過「舊日的校園」，看見那山坡下的木屋，便會說「我曾在那裡居住過」。重複地強調對地方的「熟悉感」是一種讓記憶「再生」的動作，記憶的保存點聚焦在曾住過的木屋。木屋對作者而言是個豐富的意象，其價值源自於「經歷」，因此對於他者而言，此一意象深具私密性，與親身經歷著對照之下，木屋的意義的顯然大為遜色。因此，木屋意涵的豐富性取決於個人經歷，僅屬於個人、私人記憶的載體。

　　詩中三人（敘述者、妻子、女兒）的立場不同。敘述者對自己與妻子相遇相知和經歷能感同身受。然而，在詩的結尾，女兒在回應母親時，表達出萬般不解。女兒不耐煩地對母親申訴：「你已經說過幾百回了」。這除了流露女兒的真性情之外，也顯示了「山坡下的木屋」的居住記憶只屬於妻子，敘述者參與的是與妻子的「個人記憶」，而女兒則因為未曾有在木屋的共同記憶而顯得困惑。參考皮埃爾‧諾哈提到「記憶的地方」與參與的「歷史性時刻」之間的關係。妻子曾住過木屋，有木屋的「經歷參與」的歷史。但女兒卻沒有，因此無法與母親的個人歷史記憶產生共鳴。然而，在其他的例子中，吳岸將地方「人格化」，再現的回憶不只局限在「由人回憶地方」，而是「由地方回憶人」的特別敘述視角。人與場所之間的對調位置產生有意思的互動。

我知道你會回來

踏著我身上鬆軟的落葉
回來尋找
你的足跡

多年以前
你曾沾一身晨露
披一襲月光
或絆著一條樹根
或避開一隻青蛙

但我已經不復存在
四處是高樓大廈
汽車飛馳而過
吐著窒人的油煙

而你已在遠方
也許是在炎熱如焚的都城
也許是冰天雪地的北國
或許你已渡過太平洋的波浪
此刻正飛行在
三萬尺高空
向另一處黃金海岸

但我知道你會回來
當你在一場狂歡之後
忽然有了倦意

一種莫名的孤寂
叫你感覺步履茫然

你會回來
我知道
在一個夜裡回來
躡過我身上松柔的落葉
回來
尋找珍藏在我懷裡的
你的足跡

　　上列的〈鄉間小路：夢回故居合記園〉是吳岸將「空間與記憶」的論述從人的視角出發作出更動。此詩的不同之處在於敘述者不是詩人，而是「合記園」。[13] 吳岸在詩集中解釋此處是紀念吳岸父親丘士勳開創的家園，吳岸的童年與少年便在那裡度過。詩歌從「合記園」的角度看待從遠方回來探望自己的主人。詩中一共出現三處「我知道你會回來」的話語，意在提醒眾人，作為空間的「合記園」，不但堅定守候，也深知主人的狀態，展現人與地方的情感能穿越的時間與距離。詩中的主導者顯然已不重要。詩歌中的「我已經不復存在」，吐露出失去地方後的哀傷，表明一切都只能是回憶。作者只能從記憶中找尋的些許印象的再生，「合記園」的實體雖已不復存在，但作為「記憶空間」的「合記園」卻能入記憶鑿痕般存留。

---

[13] 吳岸：〈鄉間小路：夢回故居合記園〉，《美哉古晉》（砂拉越：砂拉越華文作家協會，2008年），頁83-84。

蒂姆・克雷斯威爾（Tim Cresswell, 1965-）在探討「地方」課題時，引出一段有意思的句子。「在一個極端，一把最喜歡的扶手椅是個地方；另一個極端，整個地球也是地方」。[14] 地方性可從宏觀也可以微觀視之。就文學場域而言，吳岸重視的是砂拉越的整體發展；但從生活空間來看，吳岸所關切的「地方」無疑是古晉，更以多首書寫古晉的詩歌描繪出生活的精彩。吳岸也探索了古晉的命名，作為參照，以下兩段前後為歷史學家劉子政與吳岸對於古晉名稱由來的論述。

古晉，馬來語「貓的意思」所以亦稱為「貓城」。這裡是一片山青水秀的地方，兩岸綠野平蕪，中間有一二丘陵聳峙，遠山如黛，喬木參天。市區內到處檳紅椰綠，風景如畫。[15]

當炊煙裊裊自
錯列的亞答屋頂升起
當苒苒旭日照亮了
野龍眼叢嶺
當晨禱的香客
從福德正神的香鼎下起立
信步走進河邊喧擾的市集

14 蒂姆・克雷斯威爾（Tim Cresswell）著，徐苔玲、王志弘譯，：《地方：記憶、想象與認同》（*Place: A Short Introduction*）（臺北：群學出版有限公司，2006年），頁36。
15 劉子政：〈貓城古晉〉，《砂拉越散記》（新加坡：青年書局，2005年），頁226-232。

恍惚間

　　他彷彿來到了放翁醉酒的西村

　　心底浮起了

　　坤下離上的卦象

　　砂拉越歷史學家劉子政在介紹古晉時運用了具體的地理描述，加上豐富多彩的詞彙，再現了古晉的景物。與劉子政的敘述相比，吳岸在詩歌〈美哉古晉〉（2002）[16] 中為古晉的名稱來源增添了一股浪漫的神祕色彩。詩中形象化地出現了一位「長衫布衣」的儒者，隨性地以毛筆「揮就了／這恆古的／美名」。縱然真正「古晉」命名始末無法得知，但吳岸想象中「長衫布衣」的儒者卻能夠為古晉名稱的由來添加了瀟灑情調。此外，詩中也「提供」了古晉名稱由來的一些線索，如「馬來船夫的一聲呼喚──／KU──CHING」解釋了古晉源於馬來文「Kuching」，「野龍眼叢嶺」帶出的古晉源自名為「Mata Kuching」的山丘。此外，詩中「坤下離上的卦象」則是從周易中的六十四卦之一的「晉」，這為古人選擇古晉中的「晉」提供了另一種詮釋。[17]

　　吳岸還創作了許多以古晉地景為主題的詩歌，包括〈海之唇〉、〈大石路〉、〈公司尾〉、〈羅浮岸〉、〈越河吟〉等河流街道。其中也有已經不存在的「歷史街道」的詩，如〈大井巷〉、〈七叢榕〉等。作者在詩中不只單純描繪街道景象，也從詩人的視角，引導讀者對地理圖貌迅速流逝的反思。譬如在〈海之唇〉中，詩人透過詩表達對於「海

---

[16] 吳岸：〈美哉古晉〉，《美哉古晉》，頁2-4。

[17] 同上，頁3。

唇街」改名成為「河濱公園」的遺憾。

　　　遊人漫步清風裡
　　　他們叫我作河濱
　　　我原來是海唇

　　　什麼？
　　　the lip of sea
　　　海也有嘴唇嗎？
　　　他們永遠不明白
　　　不明白我們祖先
　　　漂洋過海
　　　開闢新天地的
　　　浪漫主義……

　　〈海之唇〉與地方海唇街有直接的對應。始於一八六八年，並在一八七二年重建的海唇街，至今已有超過一百四十年的歷史。[18] 海唇街是古晉最古老的街道，有高度的歷史意義與價值。因此，吳岸的詩中對於海唇街的易名頗有感觸。詩人堅稱，〈海之唇〉中，「海唇」一詞的使用是祖先們的「浪漫」。然而，將「海唇街」改為「河濱公園」雖然顯得中規中矩，但卻少了「海唇街」中「海唇」美妙的想象空間。地名的改變抹去了浪漫情懷的發想，從幻想走向現實的道路逐漸失去地方的獨特性。

18　欲瞭解更多關於海唇街的歷史，可參考郭良：《貓城・古城古意・情》（砂拉越：砂拉越華族文化協會，1994年），頁43-45。

另一個例子〈大井巷〉也是吳岸書寫古晉的歷史街道。「大井巷」早在拉者時期已是條繁盛的巷子。作為歷史的紀錄，郭良（1958-）在《貓城‧古城古意‧情》中形容大井巷是一個「風花雪月、人蛇混雜的集中營；這裡所見不是賭博，就是抽大麻。娼寮妓院，亦運應而生，四處林立，形成了一條醉生夢死的巷弄」。[19] 但是，「大井巷」在吳岸的眼裡卻有著另一番境貌。通過「一群男人的笑罵聲」、「小軒窗裡的姑娘的梳妝」、「小樓上念佛的寡婦」，詩中以生活化的景觀對這條即古老又狹窄的小巷做出了豐富的情境描繪。然而，詩中提到的那口井早已不在，巷子也成了歷史，存在的只是詩中詩人對於小巷景貌的回憶。

　　此外，吳岸的場所書寫策略也進一步濃縮至對具體建築物的故事敘述與私人記憶的結合。〈神仙街坊〉便是一例，其主題環繞四間廟宇所組成的神仙街，重現古晉華人與宗教信仰之間的依存關係。華人自中國南下之後，宗教信仰也隨之移至南下。砂拉越地方研究者林煜堂博士針對古晉華人與神明宗教的淵源做出以下觀察：

> 　　華人民間的傳統信仰可謂多姿多彩，但卻有一個相同的社會根源，那就是早期華人對客觀惡劣的生活環境與個人命運感到迷惘和不安，因此有強烈的欲念求助神明保佑，這些事實可以從開荒時間越早和神火環境惡劣的華人聚集地，神廟的數目眾多的情況得到證明。[20]

19　同上，頁66-67。

20　林煜堂：〈砂拉越華人的文明〉，《地方史研究與華人身份認同學術研討

由此可見，宗教信仰與華人的生活息息相關。對於吳岸來說，神廟不只是宗教的場所，更是一個自己兒時玩樂的「遊樂園」，詩歌中的神廟是個充滿記憶的私人場所。〈神仙街坊〉一開始便帶出了神仙街的熱鬧景象，提到「又見香靄繞街頭／又聽鑼鼓鬧結尾／才慶祝玄天上帝聖誕／又逢廣澤尊王聖駕出遊」，神仙街顯得熱鬧非常。除了描寫景色之外，吳岸在詩中以簡練文字表述神明的由來，強調了歷史文化的重要性。詩中提到「屠夫武當靈化／漁女嵋嶼飛升／老伯姓羅姓張／牧童垂足化神」，分別是四座神廟分別供奉的「玄天上帝」、「媽祖」、「廣澤尊王」和「福德正神」。吳岸的詩之所以能讓人回味無窮，其特色經常在於詩尾的筆調一轉。〈神仙街坊〉結尾處中提到詩人兒時將毽子踢進了聖母龕香爐裡的回憶，是吳岸小學時候在媽祖廟度過的日子。[21] 神廟從一個公共場所（Public Space）轉至私人場所（Private Space），當中包含著宗教、文化與兒時記憶與地方空間的結合，詩歌顯示一個地方空間即可以是公共的，也可以反映個人的獨有記憶。

　　吳岸的詩歌世界中，以古晉的不同地點作為詩歌的主題，這種書寫策略是一種對於生活周邊的圖貌建構，將詩人的個人記憶與公共地方進行結合，說出屬於詩人的故事，同時也推展出對砂拉越的書寫策略。因此「場所」中在地理上雖然是古晉，但是在詩歌的世界中，地方的每個景物都與詩歌的記憶與身分認同交織著，產生出一個公共與私人空間的重疊。在書寫砂拉越的「場所」詩歌之外，吳岸也透過在地

　　　　會手冊》（古晉：砂拉越留臺同學會，2011年），頁11-21。
[21]　吳岸：〈神仙街坊〉，《美哉古晉》，頁27。

寫作表達立場，以地方意象作為「路徑」，在本土的多重性
之外，也開啟砂華詩人身分的生產。

三、本土「路徑」：砂華詩人的本土（身分）生產

　　在論析北美離散詩人時，張本梓認為詩人將「異地」（foreign land）逐漸樹立為「家園」（home）是將自己的身分逆向於本身的原生局限（primodial limitations），並重新建立在異地與原來地（landscape of origin）之間不同的話語。[22] 身為移民第三代的馬來西亞砂拉越詩人，吳岸的詩歌毫無疑問地把「家園」與「本土」安頓在砂拉越這塊土地上。有著一千九百萬公頃雨林（加上百分之四十三點五的雨林保護區），自然主題在砂華文學中自然是不可忽視的一環。[23] 因此，吳岸的作品中更值得關注，其作品中的「自然生態」與本土性的結合，並觀察吳岸在書寫砂拉越的詩作中，以自然意象為「路徑」的模式，透過不同的意象堆積起砂拉越的本土身分。

　　鐘怡雯在文章〈砂華自然寫作的在地視野與美學建構〉中提到書寫婆羅洲（砂拉越）最大的意義在於「雨林、動物、植物、人（以原住民和華人為主）、土地、河水（拉讓江），這些『高度可意象性』（imagability）之物所構成的土地社群（land community）」。[24] 土地中的物所具備的

---

[22]　Benzi Zhang, *Asian Diaspora Poetry in North America*, p. 82.

[23]　田思：《馬華文學中的環保意識》（雪蘭莪：大將出版社，2006年），頁48。

[24]　鐘怡雯：〈砂華自然寫作的在地視野與美學建構〉，《馬華文學史與浪漫

「高度可意象性」，在某種程度上也讓砂華文學具有「高辨識度」，意象在吳岸的詩歌中因此也成為開展砂華文學本土獨特性的一種方法。帶有南洋特色的植物在吳岸的詩中具有更多層次，以同心圓的方式向外擴散，其核心為砂拉越為主，兼馬來西亞及其他東南亞地區等。以南洋的「萬國之王」榴蓮為例，榴蓮的意象從明清以來，便不斷出現在各種書籍中，馬歡（1380-1460）《瀛涯勝覽》、王大海（生卒不詳）《海島逸志》、黃遵憲（1848-1905）《人境廬詩草》是其中一些最早記錄榴蓮的書籍。[25] 榴槤作為意象，在吳岸的詩歌中便象徵了包含砂拉越，乃至超越地方性質的南洋意象。以下透過吳岸的詩〈榴蓮賦〉（1990）與散文〈榴蓮夜市〉（1991）做出對照，初步觀察榴蓮意象在詩人及作為東南亞人在個人與群體之間的關係。

那檔口的老闆娘已笑不攏嘴
看著她的顧客彎腰屈膝
如痴如醉
膜拜之後你巍顫顫地
拾起一副盔甲
一項自由女神的皇冠
巍顫顫地捧它於十指間
端詳、估重、搖抖、傾聽
又俯下尊貴的神庭

傳統》（臺北：萬卷樓圖書股份有限公司，2009年），頁215-216。
[25] 榴蓮作為南洋意象的論述，可參考：王潤華：《華文後殖民文學：中國、東南亞的個案研究》（上海：學林出版社，2001年），頁150。

一親它的芳澤[26]

再說，選購榴蓮，也容不得你性急。你看顧客們彎腰
屈膝小心翼翼地把榴蓮捧在兩掌間，再捧到鼻孔下，
聞一聞是否夠芳香。聞過之後，還得巧妙地把它握
緊，像握著一粒籃球一樣，放在耳朵邊輕搖，聽聽硬
殼之內，是否有震音。[27]

　　榴蓮作為南洋的代表物，同時也是吳岸詩歌中展示自我
身分的意象。無論是吳岸的詩或散文，榴蓮的記憶在砂拉越
或東南亞人之中都有佔據重要位置。散文中的吳岸選榴蓮的
情境中便能窺探出榴蓮尊貴地位，詩中的「端詳、估重、搖
抖、傾聽」及散文中的「小心翼翼捧榴蓮，耳邊輕搖、重估
幾次」等都在在顯示榴蓮的重要性。雖然「其貌不揚」，詩
歌〈榴蓮賦〉中的榴蓮卻能夠與其他國家的水果相抗衡，縱
然外表「青面獠牙」，但榴蓮仍在當地人心中保有重要的地
位。在吳岸作品中，榴蓮也代表著砂拉越的日常，同時也是
東南亞各國集體記憶的載體，是砂拉越與東南亞身處同軌的
「路徑」。
　　地方總是政治充斥的場所。吳岸的詩歌在本土的意象再
現中也涉及了砂拉越多政治元素，使其內涵也不免牽涉到政
治的意識形態。阿帕杜萊界定意識形態景觀（ideoscapes）
為一種「影像的集成」，並認為意識形態景觀與政治具有直

---

[26] 吳岸：〈榴蓮賦〉，《榴蓮賦》（砂拉越：砂拉越華文作家協會，1991
　　年），頁79-82。
[27] 吳岸：〈榴蓮夜市〉，《萬圍散草》（新加坡：青年書局，2005年），頁6。

接的關係，國家權力也影響了意識形態的產生。[28] 此種意識形態展現在吳岸的詩歌中不難發現其痕跡，這些意象的建立即代表一種政治意識形態的互動與對話。在吳岸以自然意象再現及批判權力的論述中，對犀鳥與達邦樹這兩個意象的詮釋最具深思。犀鳥在砂拉越具有崇高的地位以及象徵意義，被譽為聖鳥。研究原住民的砂拉越詩人沈慶旺便指出犀鳥是原住民守護神的化身，也帶有吉祥的意涵，他更指出：「舉行重要事務或祭典前，如果能看見巨大犀鳥出現天際或棲息在附近大樹上，這將讓人們對所要辦的事充滿希望和信心」。[29] 作為一個地方的神聖之物，吳岸的〈犀鳥頌〉中犀鳥的意象更是一個超越於政治與人性黑暗的象徵，猶如神鳥般俯瞰眾人在政治與個人利益的鬥爭。[30]

人類歷史上的皇冠

都用黃金鑽石打造

你爭我奪

終究跌落

破碎

我的皇冠

有生命的血脈

棲息在叢林高山上

縱使被狩獵

---

[28] 阿君・阿帕杜萊著，鄭義愷譯：《消失的現代性：全球化的文化向度》（臺北：群學出版有限公司，2009年），頁51。

[29] 沈慶旺：《蛻變的山林》（雪蘭莪：大將出版社，2007年），頁140-141。

[30] 吳岸：〈犀鳥頌〉，《破曉時分》（砂拉越：砂勞越華文作家協會，2004年），頁44。

仍在子孫

頭上

一代又一代

　　作為砂拉越聖鳥的象徵，詩歌中的犀鳥扮演著揭示與批判政治醜陋的角色。皇冠的表層意涵重視犀鳥頭上黃色貴族般的「絨毛」。當中再現了有兩頂「皇冠」，是兩種不同的象徵。第一個象徵著歷史上王者的皇冠，意味著擁有權力、帝國，是統治者代表物。詩中嘲諷人類在帝國主義下的你爭我奪。第二個皇冠則是代表著遠離政治紛亂的距離，保持超然於政治紛爭的姿態。「我」最終能無拘無束地爭取獨立自主的生活，選擇的是和平生活的日子。詩人以詩歌表示自己不願意涉及政治權力的紛爭當中，而是想尋找自己的自由生活。無論如何，詩中的犀鳥體現了堅強剛毅的特性，遠離是非紛擾，扮演著砂拉越的守護者。

　　在本土植物的個體呈現中，達邦樹無疑是吳岸詩中砂拉越本土特色最濃厚的意象。達邦樹的精神在詩中不只是植物的象徵或生命力的再現，它還能昇華至國家意識，甚至民族精神。就〈達邦樹禮讚〉的寫作手法而言，如陳月桂所提及，吳岸的詩中常「涉及敘述者『我』（die Erlebnislyrik）的個人經歷、感受與情緒」。[31]「我」在該詩歌中具有著

[31] Goat Koei Lang- Tan, "Waves of Experiences: The Individual Conception of Chinese and Western Poetic Tradition in the Poems of Wu An, A Contemporary Malaysian Poet", Wong Yoon Wah and Horst Pastoors (eds.), *Chinese Literature in Southeast Asia*, (2nd International Conference on the Commonwealth of Chinese Literature: Chinese Literature in Southeast Asia- Research Contributions from the Federal Republic of Germany 15.8.1988-19.8.1988 Zweite Internationale Konf) (Singapore: Goethe-Institut Singapore and the Singapore Association of Writers, 1989).

龐大的主體位置。然而，這裡要談的重點是「我」的論述在〈達邦樹禮讚〉中產生了作者與樹的生命相連，也反思地方政治，暗喻著對當時政治狀態的走向的深感哀嘆。

你是山頂上

一棵高大的達邦

在拂曉時第一個

去迎接黎明的曙光

你那參天的綠葉

允吸著宇宙的靈氣

蜜蜂在你的懷抱裡

釀製百花的芬芳

有一年炎熱的七月

正是農人燒芭的季節

熊熊的野火

把山坡燒成一片焦黑

我站在新闢的芭場上向你眺望

只見你巋然不動

屹立在滾滾的濃煙中

像一個古銅色的巨人

半夜裡我從夢中驚醒

耳邊猶聽見轟隆一聲巨響

我連忙起身

向山頂瞭望

啊

美麗的達邦樹啊

你已不見了蹤影

你已經倒下了

消逝在黎明前最深邃的黑暗中[32]

　　達邦樹作為代表砂拉越的意象，是一種綜合了歷史意義
與浪漫英雄精神的展示。〈達邦樹禮讚〉這首詩透過「我」
的主體，展露出本土化（localism）中最堅定的主體意識。
對於達邦樹的精神，吳岸指說那是伊班族民間傳說中傳頌和
歌詠的英雄形象，奠定其作為本土意象的確實性。[33] 詩中
的達邦樹雖然高大聳立，卻不斷面對著外在的強大威脅。大
野火的吞噬終究導致達邦樹的倒下。大火時，屹立不搖的姿
態顯現在達邦樹的生命情懷，其再現的不只是自然生物生
命的堅硬，更象徵一個民族所已具備的韌性。然而，無懼於
大火的達邦樹最終消失在「黎明前的黑暗中」，也透露出
詩人對正義的被侵蝕顯得無助。達邦樹的光明最終無法勝於
黑暗勢力，這「消失」來得突然，令人不勝唏噓。王潤華
（1941-）則把對達邦樹的解讀擴大到文化認同的層次，將
詩歌中「金色的巨人」解讀為殖民時期與後殖民時期的本土
文化，自我認同的象徵。[34] 這種解析相當合理。回看第二
章論述的砂華文學反殖民帝國時期，吳岸本身在當時就是一
位積極的年輕的參與者。〈達邦樹禮讚〉與反殖民時期所強
調的堅韌精神有著密不可分的關係。從創作年代來看，這首
詩寫於吳岸出集中營之後不久，或為一種經過牢獄之災之後

[32] 吳岸：〈達邦樹禮贊〉，《達邦樹禮贊》，頁13-14。
[33] 吳岸：《生命存檔》（砂拉越：砂勞越華文作家協會，1998年），頁8-16。
[34] 王潤華：《華文後殖民文學：中國、東南亞的個案研究》，頁150。

的感觸。作為一種自強不息的象徵，達邦樹已經不再是單純的植物象徵，其特性已經轉移並涉及至更為宏觀的主題：本土文化，這種文化的反射甚至可以超越時間或歷史語境，是純屬砂拉越這塊土地的精神象徵。然而，在本土與殖民統治放置在二元的基調之中，詩中似也暗喻了本土性面對殖民者的挑戰？達邦樹最後不敵大火而倒下，暗示某種理想最終的失敗而深感無奈。意象的使用在此案例中是進入砂拉越在地政治與文化論述的最佳「路徑」。這一「路徑」不單只是作為一種意象的解讀，而是以這個意象的痕跡與再現，觀察砂拉越本土性的脈絡。

四、範域建構：原住民關懷與家國議論

　　在解析吳岸詩歌中的「場所」與「路徑」之後，這一段的討論重點放在他如何透過詩歌內容，從宏觀視角審視作為地方的砂拉越以及砂華文學的範域議題。與將本土作為全球抵抗的基調不同，吳岸在詩中談論原住民時，針對他們處於邊緣位置的書寫相對隱晦。吳岸在關懷原住民時，固然詩中沒有激昂的怒吼，但也不乏探討原住民在自然環境與政治體系之間的緊張關係。

　　本土空間是殖民者與在地原住民相互爭奪的空間。對原住民而言，土地與人的關係是相互依存的。陳惠玲在論及臺灣原住民時指出：「大地」對原住民來說，除了自然鄉土，也是一種符號或標記。地方更是祖先傳留下來的重要的精神。「原住民奉守族人的禁忌，遵循祖先的步伐，不僅增強了他們對部落文化的認同感，也鼓舞他們對地方的忠貞和警覺」。[35] 因此，大自然對原住民而言是猶如生命般地無法割捨。對砂拉越的原住民而言亦是如此，以本南族為例：他們「傾向於他們成為「與樹混合」（pekalet ngan kayow）的模式。他們將樹林視為「新的土地」（tanah mering），那就是，乾淨的，不受侵擾的，也可以不存顧忌地飲用任何河流的水」。[36] 對於原住民來說，自然空間是他們滿足日常乃至

---

[35] 陳惠玲：《鄉土性‧本土化‧在地感：臺灣新鄉土小說書寫風貌》，頁69。

[36] J. Peter Brosius, "The Forest and the Nation: Negotiating Citizenship in Sarawak,

一輩子都在同一地方的生活空間，他們無需城市化的發展，也無視於「發展」所帶來的便利。對砂拉越原住民有深入研究的布羅修斯（Peter Brosius, 1954-）指出了自然土地對原住民在資源以外的意義：「這片自然境地是他們對於過往事件回憶的知識庫（repository），也是他們社會及社會關係的象徵助記符（mnemonic representation）。」[37] 對原住民而言，綠林從來就不是一種資源地，也不是大自然保護區，而是他們的家園，是日常生活的住家，也是他們留住回憶與建立社群網絡的場域。

在一九八七年成為砂拉越一區的民都魯不斷面對大量樹林砍伐的壓力。吳岸的〈民都魯二題〉（1980）之一明確顯示了，作者有感於原始叢林被過度迅速的開發，導致自然生態的大肆破壞而深感悲痛。

Caterpillar

已啃去一片綠林

又將山

深深剖切

處女土

裸露著赤紅的豐腴

在晴空下

一望無際

East Malaysia", p. 83.
[37] J.Peter Brosius, "The Forest and the Nation" , p. 84.

Hino

隆隆然把未來城市的鋼筋

曳向地平的高點

去俯視

惺忪的吉都隆海灣

在蔚藍的流波裡

遙遠的海上

似有水手驚異了

瞧

那海市蜃樓

而遠洋輪

已悄悄調好汽笛的音調

準備有一天高呼：民—都—魯！[38]

　　雖然"Caterpillar"是英語毛蟲的意思，但詩中的
"Caterpillar"與"Hino"更多讓讀者對應到挖土機與砂石車的品
牌。這裡的「毛蟲」啃去的不是綠葉，而是整片綠林，再現
的是對大自然進行開發的「侵略」舉動。詩中除了大自然被
大肆破壞的主題外，少數與多數，強權與弱勢，自然與發展
之間二元對立的局面已白熱化。詩人在詩結尾向著來自遠方
船隻的高呼「民都魯」，不禁讓人猜想高呼背後的意義。是
否是詩人期待外界帶來環境保護的呼救，或是詩人已意識到
自己面對的是已經無法挽救的自然災害。

---

[38] 吳岸：〈民都魯二題〉，《達邦樹禮讚》，頁95-97。

作為進入「範域」的思考與討論，政治與少數民族的
土地爭端是吳岸詩歌中深思的議題。此議題在學界已有相
當豐厚的論述。其中有前文提到的砂拉越原住民研究者布羅
修斯，他以本南族為研究主體，深入考察本南族人在當地政
府開發大量開發自然環境之後對原住民生活的演變與影響，
並指出：「一九八〇年代，隨著砂拉越成為國際木材市場的
主要供應地區之一，砂拉越也進階成了全世界砍伐率最高的
地區之一。其中，直接受到衝擊的便是以獵為生的本南族
（Penan）」。[39] 原本最保守，也看似最不願意加入爭端的
本南族反而成了引領抵抗活動最強烈的族群。抵抗活動的產
生可被視為是一種侵略性的身分（predatory-identities）。國
家邊界內最為小數的群體將會被視為影響整體國族純度的無
法忍受的缺失（intolerable deficit）。[40] 原住民缺少發聲的途
徑，雖然小數能夠形成一股威脅勢力，但對於自己家園被破
壞，原住民始終是在較為失利的一方；另一方面，官方似乎
也有著他們自己的計畫。馬來西亞前首相馬哈迪指出：「綠
色保護團體（The North）應該遏制將熱帶森林及其他自然
資源『鎖上』（lock up）的『誘惑』，因為那對於我們（國
家）的發展是至關重要的，以共同資源遺產為名，生態帝國
主義（eco-imperialism）應該就此停止。」[41] 因此，雙方都
各有言詞，本南族雖然對於這些樹林開發活動進行了反抗示

[39] J.Peter Brosius, "The Forest and the Nation: Negotiating citizenship in Sarawak, East Malaysia", edited by Renato Rosaldo, *Cultural Citizenship in Island Southeast Asia: Nation and Belonging in the Hinterlands,* p. 76.

[40] Arjun Appadurai, *Fear of Small Numbers: An Essay on the Geography of Anger* (Durham: Duke university press, 2006), p. 53.

[41] J.Peter Brosius, "The Forest and the Nation", p. 98.

威，但官方亦未有態度上的軟化。原住民與官方在自然資源的對抗形成了砂華文學中無法視而不見的影響。

　　大片熱帶雨林的消失，首當其衝的便是以樹林為生存空間的原住民群體。從砂拉越的族群比例分析，可理解原住民族群身處的弔詭。砂拉越有三十多種原住民，當中以伊班族佔據了人口比例的最大多數，其二是華族，其三才是馬來族。[42] 這與西馬以馬來族為主要族群的結構全然不同。作為多數族群的原住民，因為缺少了政治發言的聲音，而無力於阻止家園不斷流失的狀態。在砂拉越，雖然原住民佔了多數人口，也享有土著（bumiputera）的身分，但他們卻對自己家園（雨林）的急速「銷毀」全然束手無策，這無疑是種反諷。這也對應了阿帕杜萊所提到的群體關係，他指出：「多數群體需要少數群體以便繼續存在，反之更是」，此狀態顯然對於本南族群而言，無疑是令人沮喪的。[43] 可是，在砂拉越的群體之間卻少了一種相互維護生存空間的舉動。吳岸在以下的〈民都魯二題〉之二中，以阿旺作為一位原住民的代表，敘述原本居住的小鎮的面目全非，帶出土地開發給當地原住民帶來的悲慘的命運。

　　　　正想說
　　　　你們真幸運
　　　　阿旺卻先開口
　　　　幸運

[42]　這些原住民就包括伊班族、比達友族、加央族、肯雅族、加拉畢族、本南族、晉南族。細節請參閱沈慶旺：《蛻變的山林》（雪蘭莪：大將出版社，2007年），頁10-12。

[43]　Arjun Appadurai, *Fear of Small Numbers*, p. 50.

輪不到我們

可不是

LNG

已使我們吃不起青菜和魚

返回小鎮

阿旺放緩速度

我們經過

密集的非法木屋

穿過

舊衣攤前的人群

小鎮

曾幾何時

已變成工地棚[44]

　　砂拉越在一九六三年加入馬來西亞聯邦後，砂拉越州
政府對於自己的內部事務仍持有主控權。在許多決策上，
州政府與中央政府處於對立的姿態。這使中央政府感到不耐
煩，特別是當中央政府試圖對砂拉越建立起更大的控制權，
特別在木材砍伐（logging）。詩中失去的小鎮多出了「工
地棚」，意味著原先屬於原住民的家園已經不復存在，搭建
棚子的用意更是要長期性地繼續「侵略」綠林，如詩中阿旺
所言，開發已然讓原住民都成了難民，讓他們的生活深陷困
境。從政治背景而言，砂拉越在木材砍伐方面特別活躍，但
由於木材的使用權掌握在砂州首席部長及其州政府手中，

44　吳岸：〈民都魯二題〉，《達邦樹禮贊》，頁96-97。

第四章　確實本土

1
2
3

中央政府無法成功說服砂拉越政府放寬木材砍伐的限制。[45]
砂拉越原住民近年來由於政府的木材砍伐計畫，其森林家園
受到了眾多影響。官方與原住民的立場和說法有著很明顯的
出入。[46] 身為詩人的吳岸深感於雨林的大量砍伐，眼見拉
讓江上游高原因濫伐雨林而造成土崩，一首〈浮木〉特別表
述了對大自然被破壞的悲傷與憤怒。

   含著眼淚

   緩緩

   漂經一個個乾榜

   一個個小鎮

   告訴人們

   是否還有明日

   當億萬年的青山綠水已消失

   當犀鳥在悲鳴中無處逃逸

   人猿已葬身火海

   鱷魚正在喘息

   而恩不老魚已為我們陪葬

   滿江腐屍

[45] J.Peter Brosius, "The Forest and the Nation", p. 104.

[46] 馬來半島在一九七〇年代初的大量砍伐引起了一九七八年的國家林業政策
（national forestry policy），這減少砍伐樹林的政策並不包含在東馬的沙
巴與砂拉越。在砂拉越，砍伐樹木的範圍從一九七六年的四百四十萬立方
米到一九八五年的一千兩百二十萬立方米。Ida Nicolaisen, "Timber, Culture
and Ethnicity: The Politicization of Ethnic Identity among Punan Bah", Robert L.
Winzeler (ed.), Indigenous People and the State: Politics, Land, and Ethnicity in
the Malayan Peninsula and Borneo, p. 236.

帶著怒火

我們緩緩經過

那金光燦燦的城市

那裡宴會正在進行

飲勝

董事會正在研討

以環保的名義

購置更先進的電鋸和直升機

有人拉下了黑色窗簾

不

我們不知道

我們不知道發生什麼事

哦

是廢木嗎

那是朽木

是垃圾

就讓它流到大海去吧

也省得清除[47]

　　砍伐樹林受到直接衝擊的必然是以雨林為家的原住民。
但是,仍有許多原住民對政治的認知相對匱乏,全然不知如
何與官方進行良好的溝通。布羅修斯指出許多的本南族人,
特別是游牧群體,並不知道何謂政府。根據布羅修斯與幾位
本南人的對話,他使用了砂拉越政府(Perinta Sarawak)一

47　吳岸:〈浮木〉,《殘損的微笑:吳岸詩歌自選集》(臺北:釀出版,
　　2012年),頁213-218。

詞，一位本南人向另一位本南人問了那句話的意思。他的回復是「泰益瑪目」（Taib Mahmud, 1936- ），這也指明說本南族游牧民族把州長看成是唯一權力者，顯示土著與真實政治狀態的距離。然而，土著雖不諳政治體系，但也意識到自己深受政治的影響。[48] 此外，在砂拉越，水電計畫（hydroelectric schemes）的落實如何影響自然生態也是另一傷害原住民群體的案例。政府的巴貢（Bakun）計畫將位於拉讓上游居住的萬名土著遷移別處。而政府的規定中仍缺乏保障原住民的權益。[49]

　　作為官方在砂拉越的領導者，砂拉越首席部長泰益瑪目的負面評論似乎加深官方與原住民的緊張關係。[50] 費沙哈茲（Faisal S Hazis）解析了泰益瑪目引起爭議的事項，並指出：「除了擔任首席部長的時間過長以外，這位『屹立不倒的政治家』（strongman-politician）被批評將國家計畫交由自己的家庭成員或政治親信」，將州土地取走並交給家庭成員與親信以便讓他們建立棕油園或其他發展項目。此外，二〇一一年的砂拉越報告書（Sarawak report）具有政治意圖的發展，導致砂洲收到負面影響，採用分離政策以便鞏固自己的政權以及蕩平異議。[51] 以下個別舉例並闡述兩種立場。

[48] 布羅修斯指出：「他們（本南族人）認為政府漠視他們，也不給予任何幫助。他們申訴政府『不會同情』（don't know how to pity），也『不懂得如何去想』（don't know how to think）。」J.Peter Brosius, *The Forest and the Nation*, p. 85.

[49] Robert L. Winzeler (ed.), *Indigenous People and the state: Politics, Land, and Ethnicity in the Malayan Peninsula and Borneo*, p. 12.

[50] Kris Jitab and James Ritchie, *Sarawak Awakens: Taib Mahmud's Politics of Development*, p. 18.

[51] Faisal S Hazis, "Winds of Change in Sarawak Poiltics?", (Singapore: S. Rajaratnam School of International Studies, 2011), p. 11.

對於砂拉越森林的開發，一些評論者有他們的說法。在《政治覺醒：泰益瑪目》（*Sarawak Awakens: Taib Mahmud's Politics of Development*）一書中便提到「鄉村居民（rural dweller）普遍上並不貧窮。他們固然在金錢上短缺（cash poor），但卻在土地上富有（land rich）。土著在土著習俗權力（native customary rights）底下所擁有的土地便是個資產，人民可以參與發展計畫來提升生活素質。」[52] 泰益瑪目本身則表示：「非常遺憾的，我必須指出，這些『環保人士』所掌握的訊息是扭曲的。更糟的是，這些環保人士出於政治動機的（politically motivated）並不對找出真相有所興趣……我們擁有從一九六〇年代以降其中最好的伐木特許權的管理（logging concessions）」。[53]

長期對原住民有研究的黃孟祚（1950- ）在〈民間地圖繪製的風險與良機：砂拉越原住民在極致阻力下的鬥爭〉中對原住民的土地問題做出深入解析。其中比較了布魯克統治及現在吉隆坡中央政府統治的不同土地條例，並解釋原住民在布魯克時期統治時期更為自由。在一九二〇年，布魯克政府開始劃分森林地，但到了一九二七年，有約十一萬四千六百公頃被劃分為保留森林。布魯克政權末期，即一九四〇年有增設社區森林。當時全砂有百分之五面積被劃分為永久森林地。由此看來，著與鄰近的荷屬加里曼丹及英國殖民政府

<hr>

[52] 書中也提及原住民並不是完全處於被動的姿態：「在一九九〇年，砂拉越預計有一百七十萬人。在理論上，如果將砂拉越的所有礦產及可售賣的非礦產資源提取並轉換成現金，並將所有的錢平均分配給每個砂拉越予民，每個砂拉越人便會立即成為百萬富翁。」Kris Jitab and James Ritchie, *Sarawak Awakens: Taib Mahmud's Politics of Development*, (Sarawak: Pelanduk Publications (M) Sdn Bhd, 1991), p. 23.

[53] Kris Jitab and James Ritchie, *Sarawak Awakens*, p. 129.

作個比較，布魯克對當地人們的態度是比較仁慈些。[54] 二十世紀後的馬來西亞都有許多土地修正法令，但這些法令都對於原住民的「捍衛土地」行動助益不大，甚至於，這些法令有著加速土地專賣的進程，幫助集團開發土地的過程。[55] 更何況，水壩工程（穆倫水壩與巴南水壩等）也加速本南族人失去家園的速度。顯然，這場原住民與官方的拉鋸戰還會持續一段的日子。在詩歌方面，吳岸建立一個較和平但詩歌世界，對於這當中的政治張力與族群和諧的重要性在其文學中也多有重視。

吳岸重視全球化底下原住民生活與習俗的巨大改變。在吳岸的第二本詩集《達邦樹禮讚》中，在一九八〇年有五首詩，從〈飛舟〉、〈長屋之旅〉、〈迎賓〉、〈賽鼓〉到〈飲杜柯〉都以原住民的各個面向為主題進行詩歌創作，是吳岸詩集中較為密集對原住民的關懷書寫。〈長屋之旅〉[56] 中敘述詩人在居住長屋時的體驗過程，當中的原住民並非陌生的群體而是與詩人一同生活的親密好友，當中也加入原住民用語，如：「勇敢的古邦為你掌舵」、「阿拜向你伸出歡迎的手」、「因奈早準備好晚餐」等，表現出的是原住民純樸好客的良好形象。另一首詩〈賽鼓〉中形象化地再現原住民節慶的盛況：「你乘著波浪來／你駕著長舟來／本胡魯／大魯麻／趁今日「加歪」／大家來擊鼓」，[57] 刻畫原住民

---

[54] 潘永強、魏月萍主編：《走近回教政治》（雪蘭莪：大將出版社，2004年），頁107。

[55] 同上，頁104-121。

[56] 「古邦」為伊班男子名，「阿拜」為伊班語父親，「因奈」為母親。吳岸：〈長屋之旅〉，《達邦樹禮讚》，頁133。

[57] 「加歪」為伊班族節日。吳岸：〈賽鼓〉，《達邦樹禮贊》，頁137。

的慶祝活動「加歪」，寫出眾人擊鼓競賽的歡樂氣氛。〈飲杜柯〉[58] 則從重視現實描寫，詩中對於正在對飲作歡的原住民朋友進行細部刻畫，例如「他們粗大張開的腳趾／滿刺著圖騰的手臂／和笑得咀不能合攏的漲紅的臉」，將原住民的樣貌細節栩栩如生地透過詩歌展示出來。

　　在砂拉越的族群關係中，華人與土著之間的關係相當和睦。在吳岸的文學世界裡，土著能與華人相安共處的友族群體。　在現實生活中，土著與華人和平相處的情況正處良好狀態，周丹尼（1953-）的〈砂拉越華族：土著的關係：一個歷史的探析〉中詳談了華人與原住民之間的互惠互利的關係。文中提及早期到砂拉越的華族生意人需要「土著去採集各類森林土產。因此，為了酬謝他們，華族商販都會為土著提供他們所需要的東西如奢侈名貴的陶瓷器，珠子以及其他日用品。」[59] 建立在這種互惠互利與愛好和平的基礎上，華族與土著在砂拉越保持著非常深厚的友誼。研究比達由族的羅伯特‧英瑟勒（Robert Winzeler, 1940-）便認為處在加里曼丹州的華人與砂拉越西部的比達由族有更親密的通婚痕跡，「在砂拉越的西部地區，例如石龍門（Bau）與倫樂（Lundu），比達由（Bidayuh）族與華族之間有著緊密的互動（extensive contact）。許多在加里曼丹洲三發（Sambas）區的華族進入了砂拉越洲。華族除了在市集售貨，也在靠近西部的比達由族人居住的地方種植橡膠與胡椒，通常也與比

---

[58] 「杜柯」（tuak）是原住民的一種酒。吳岸：〈飲杜柯〉，《達邦樹禮贊》，頁139。

[59] 周丹尼著，許世韜譯：〈砂拉越華族：土著的關係：一個歷史的探析〉，蔡增聰主編：《砂拉越華人研究譯文集》（砂拉越：砂拉越華族文化協會，2003年），頁126-133。

達由族婦女結婚以擁有土地」。[60] 這一種日常的聯繫關係也維持至今，吳岸詩歌中便有與原住民在日常生活中的互動展現，族群之間和樂的重要性也得以彰顯。當中，吳岸也以日常互動中，帶出對原住民前景的思考。

一伙人到咖啡店喝茶
她過來招待
這土著姑娘

我們中
一個說要咖啡烏
一個說要檸檬茶
一個說要拉茶
另一個支吾了半晌
說是要可樂
那麼多的不同口味
怕是難倒這山地姑娘

我喝什麼茶呢？
正猶豫
先生
喝一杯八寶茶吧
說一口華語

---

60 Robert L. Winzeler, "Modern Bidayuh Ethnicity and the Politics of Culture in Sarawak", Robert L. Winzeler (ed.), *Indigenous People and the State: Politics, Land, and Ethnicity in the Malayan Peninsula and Borneo*, p. 219.

我一驚

她笑容可掬[61]

　　上列的〈比達由族少女〉反映的是一個真實的社會現象。近年來以後許多年輕的原住民步入社會尋找工作的機會。然而，許多的原住民青年由於沒有受過正規教育，這些年輕人到古晉尋找工作時，都難以找到中／高層職位。因此，有許多都會先在咖啡店或餐館當招待或是擔任些簡單的文職。[62] 吳岸詩中描述的便是一名比達由族少女服務生，紀錄著她和吳岸與友人在點飲料時的對話。土著少女的「笑容可掬」讓詩人感到親切之外，出其不意的一句華語「喝一杯八寶茶吧」更拉近了詩人與原住民的距離。

　　如前文所述，西馬最大族群是馬來族，在砂拉越馬來族卻是第三大族群，原住民伊班人（Iban）比例最高，佔人口比例一半以上。[63] 但原住民卻沒有多數群體的優勢，固然原住民與官方的開發方案進行拉鋸戰，但實際成效不大。原住民堅持守住家園的意念與他們深信祖先靈魂在家周圍也有極大的關係。〈守護的神〉中表述原住民的守護神所面對的歲月洗禮，也被損毀得體無完膚，如正在失去守護族群的能力，隱約透露了原住民的失勢，猶如一直不願離去的祖靈，長期庇佑著後人。

　　守護的神立在繁華的街邊

61　吳岸：〈比達由族少女〉，《美哉古晉》，頁78-79。

62　吳岸：〈比達由族少女〉，頁79。

63　鐘怡雯：《馬華文學史與浪漫傳統》（臺北：萬卷樓圖書股份有限公司，2009年），頁204-205。

在瞭望

在傾聽

一如他依然屹立在摩拉督山的原野中

但守護神已經沒有了眼睛

胸腑也被歲月掏空

可他依然在瞭望

在諦聽[64]

　　或許是信念的堅強，下列的這首〈重建家園〉可以表達自己要重新建造家園的意志，表達要以自然來重新建立綠地。整體而言，以本章開篇吳岸的〈盾上的詩篇〉與末篇的〈重建家園〉做出對應，也不失為勾勒砂拉越在這五十年來的歷史發展，建構一段吳岸在砂華文學範域的書寫。

我要用蛙聲

重建我的家園

他們以鏟土機和鋼骨水泥

用摩天樓和電訊塔

汽車和不停嘶鳴的警報

毀了我的家園

我要以亞答屋和菜園

以小溪與蘆葦的協奏

64　吳岸：〈守護的神〉，《生命存檔》（砂勞越：砂勞越華文作家協會，1998年），頁49-50。

晨鳥的合唱

炊煙裡母親的呼喚

和夜來香　的芬芳

重建我的家園

在雨後的星空下

聽取蛙聲一片……[65]

　　從文學理念的思考而言，「本土」一詞的概念與社會、
政治、文化、民族等元素脫離不了關係。本著以吳岸的詩歌
進入「本土」層面的探討，目的在把視野擴大至「本土書
寫」與其他主題的「接觸」，當中包括文化、政治、地理、
歷史等視野並納入個人涉及的經歷。陳志明（1950-）在研
究東南亞華人身分認同時對何謂本土做出以下定義：「在本
土境地（local setting）成長與社會化的過程，由此接受本土
意識，同時受到本土政治與文化的影響，對於民族與文化的
身分認同也有所牽動。」[66] 從對砂拉越歷史的關注到個人
在砂拉越的生活，吳岸在本土書寫策略上讓詩成了土地記憶
的載體，建立起砂華身分及砂華文學本土性。然而，參考本
土與他者之間的互動才能完整的建構本土性的整體意義。因
此，下一章會對吳岸創作中的「本土以外」進行分析與論
述。探討其他場域在文學的再現，如中國、日本呢、新加坡

65　吳岸：〈重建家園〉，《美哉古晉》，頁87。
66　Tan Chee Beng, "Chinese in Southeast Asia and Identities in a Changing Global
　　Context", M. Jocelyn Armstrong, R.Warwick Armstrong and Kent Mulliner (eds.),
　　*Chinese Populations in Contemporary Southeast Asian Societies: Identities,
　　Interdependence and International Influences* (Surrey: Curzon Press, 2001), p. 217.

第四章　確實本土

1
3
3

及西馬，其他主題也會加入在「接觸領域」的版圖中，形成一個更龐大多元的本土視野書寫體系。

第五章

觀望他者

身為土生土長的砂拉越人，吳岸的詩歌中具有明顯的本土主題創作。吳岸是砂拉越第三代人，其祖父輩已在砂拉越落地生根。在他的旅行詩歌中，吳岸的視野所展示出與本土詩歌的差異性更加明顯。從砂拉越出發，本文將他所到之處與相遇的不同境遇定位為「他者」，進而審視詩歌中再現的本土與他者之間的建構與交流。在上一章中，當本土涉及「範域」的討論時，本土與其他地區產生的是緊張的互動。這一章中的討論重點放在吳岸所寫的本土之外為主題的詩歌，納入他者與本土互動，建構出更完整的吳岸詩歌系譜。

　　以下將吳岸的「他者」姿態歸類在三個層面。一、對於中國，吳岸詩作書寫中國的原鄉情感全然無保留地投入在中國境域。更多時候，吳岸對中國的書寫存有心理上距離，是位「想象的回歸者」（imagined returnee）。二、對於同國但處在南中國海另一端的馬來半島（西馬）。由於兩地在國家政治與發展上情感與利益上的緊密交織，吳岸作品中對西馬的姿態時有期待、但也時有陌生的疏離，是一位「近處的觀察者」（close observer）。三、與中國和西馬的密切關注有所不同，吳岸書寫世界其他國家（區域）的詩歌時則多屬旁觀，情感多顯抽離，是位「寫意的旅者」（casual traveller）。

一、想像的回歸者：「北行集」詩歌系列中對中國的三種姿態

中國性、華人性、中華性等議題近年已有眾多豐富論述。洪美恩（Ien Ang, 1954- ）在〈能否向中國性說不？〉（「Can One Say No to Chineseness?」）中以澳洲華裔為例，列舉當地華裔在學校受到同學譏笑的個案，以其作為導入，舉出華裔身分中所賦予的「華人性」導致華裔面對尷尬甚至是負面的歧視。[1] 雖然如此，對於華人性，洪美恩在強調糅合性重要的同時，也堅持華人並非鐵板一塊，並指出：「在世界不同地方生活的華人依據本土境內（local circumference）的形塑而有所不同。這些華人先輩在新的居留地安身立命，並且創造出新的生活模式。因此，在此範式，華人身分是多類型而非單一的。」[2] 在東南亞，黃錦樹在〈神州：文化鄉愁與內在中國〉中則悲觀地認為打從「名稱」開始，東南亞華人便無法甩開身上被賦予的「包袱」。因此，不論是華僑、華裔、華族、華人、海外華人還是唐人，「都隱隱然為『中國』保留了一個（即使是隱匿的）位置」。[3] 對此，游俊豪則提出另一種觀點，並指出從馬來西

---

[1] Ien Ang ,"Can one say no to Chineseness?: Pushing the Limits of the Diasporic Paradigm", *On not Speaking Chinese: Living between Asia and the West* (London: Routledge, 2001), pp. 37-51.

[2] Ibid.

[3] 黃錦樹：〈神州：文化鄉愁與內在中國〉，《馬華文學：內在中國、語言

亞整體歷史的發展而言：「中國從來就不是大部分馬來西亞
華文作家絕無僅有的一個意識中心」[4]，而且進一步解釋華
人的中國性作為一種「局部」的影響，並非整體，華人「挪
用了文化中國的概念，馬華文學對中國意象的再現只是自己
話語權的行使，不是從屬中國的體現，而是在邊陲裡建構自
己的場域」。[5] 若從華人在東南亞的「華人性」內部進行觀
察，可理解其複雜性。當中，「菲律賓、泰國等國華人本土
化程度明顯，多有與當地人通婚且也逐漸同化。相對而言，
馬來西亞華人的華人性保持程度較高。新加坡儘管華人佔大
多數，但華人並未完全認同『中國』」。[6] 華人與中國在關
係上的親密度有所不一，身為砂拉越華人的吳岸，中國對吳
岸而言並不會全然脫節，在研究吳岸的寫作中，可理解作家
對中國的姿態，方能對創作與在地的關係有更全面的掌握。

　　馬華現實主義作家之間固然對現實主義的理念與原則
有著基本相同之處，但他們對中國（祖國）的立場卻可能
由於出生年代或人生經歷而有所不同。[7] 如本章前述，身為
移民第三代的吳岸與砂拉越的淵源可以從吳岸的祖父開始算
起。[8] 吳岸一九三七年出生於砂拉越古晉，吳岸對中國近代

　　與文學史》（吉隆坡：華社資料研究中心，1996年），頁81。

4　游俊豪：〈族群與國家：二十世紀的馬來西亞華文作家〉，李元瑾主編：
　　《新馬印華人：族群關係與國家建構》（新加坡：新加坡亞洲研究學會，
　　2006年），頁175-191。

5　游俊豪：〈馬華文學的族群性：研究領域的建構與誤區〉，《移民軌跡和
　　離散論述：新馬華人族群的重層脈絡》，頁153-174。

6　郭秋梅：〈秉持與融合：東南亞華人「華人性」的嬗變〉，《東南亞縱
　　橫》（2010年9月），頁56-60。

7　雖然現實主義的基本原則雷同，但確切的實踐理念卻更為複雜，例如吳岸
　　的現實主義理念與砂拉越本土有著強烈聯繫，吳岸詩中的浪漫主義特色也
　　很濃厚。細節可參考第三章。

8　「一九三七年出生在婆羅洲砂拉越的我，是道道地地的南番人，雖然我的

政治發展的關注並不濃烈，他所回望的中國是歷史中與文化上的中國。就真正踏上中國的土地而言，吳岸在一九八六年到中國出差以前都沒到過中國，近天命之年才真正到訪中國，對中國情感上相當不明確。此外，從歷史脈絡來看，一九三七年，吳岸出生時正值中國七七盧溝橋事件發生不久。二戰日侵東南亞時，吳岸也不到十歲。就參與經歷而言，吳岸與一些更早期的現實主義作家如方修、杏影等有經歷或直接參與抗日戰爭的作家在身體經驗上也並不相同，吳岸的本土詩歌對於中國民族情緒的投入可說是相當淺薄的。[9] 相對的，無論是從作品或其人生經歷來看，吳岸的在地「反殖民」立場明顯更為強烈，寫作生涯的核心根植於砂拉越。在更多的時候，本土書寫的重心多在砂拉越而非中國，文化與歷史的中國在吳岸的詩中多以「他者」姿態出現，主要是作為映襯本土的存在。

　　吳岸的本土思維也對其人生及創作更具影響力。吳岸的反殖民經歷可從一九五一年開始算起。一九五一年十月，年約十四歲的吳岸初次領悟到政治參與的經驗，他在就讀古晉中華中學時，爆發了反殖民活動：即當時的「十月二十九日」大罷課。當時，吳岸與兩位哥哥也參與了罷課活動。該活動最後以失敗告終，吳岸的二哥被迫離開砂拉越，而三哥則被開除學籍，吳岸也受到英殖民政府的監視。[10] 這起事

父親在一九二一年由潮汕南來，但我的祖父，早在清朝末年就已經在古晉去世。」吳岸：〈一個華裔詩人的驕傲〉，《萬園散草》（新加坡：新加坡青年書局，2005年），頁63。

[9]　以出生年份來觀察本土與中國的位置或許也是一個值得關注的線索。杏影出生於一九一二年，方修則出生於一九二二年，方修有參與抗戰的文藝活動，甚至當時著名南來作家郁達夫有所接觸。

[10]　甄供：《生命的延續：吳岸及其作品研究》，頁3-4。

件成了吳岸反殖民意識的啟蒙時段，也是後來吳岸入獄的前奏。到了一九六六年，吳岸與妻子被馬來西亞政府逮捕，在公安法令下被拘留，並關在集中營十年」。[11] 從參與的國家政治活動而言，吳岸與砂拉越政治走向有著更直接密切的聯繫，其對本土的政治情緒與參與度都遠大於中國，進而在作品方面，吳岸的本土位置也逐漸明顯。

　　話雖如此，吳岸對於中國的發展雖然並沒有主動參與，但卻也沒在情感上全然割棄。在下列〈南中國海〉（1958）[12] 的引文當中，吳岸以砂拉越為出發視角，表達了本土與中國之間無法分隔的祖籍關係。

　　　　雄渾的南洋呵

　　　　南中國海

　　　　你以你的滔滔滾滾的狂浪

　　　　把北方的大陸和南方的島嶼衝開

　　　　你以你的滔滔滾滾的狂浪

　　　　把北方的大陸和南方的島嶼連接起來

　　　　一張破席

　　　　兩個枕頭

　　　　一個求生的熱望

　　　　我們的祖先漂流在你的洪濤裡

　　　　五十年前

　　　　一個世紀前

　　　　幾個世紀前

11　同上，頁7。

12　吳岸：〈南中國海〉，《盾上的詩篇》，頁67。

張著帆

任貿易風吹刮

烈日煎熬

遠離故國來到這蒼莽的異鄉

　　詩中的焦點集中在砂拉越與中國之間的南中國海，「區隔」與「銜接」的特殊角色使海有其重要的存在意義。然而，詩的敘述是將前人的離散經歷進行重構，詩中清晰展示作者有意識地述說從南中國海過番到東南亞的先輩們的記憶，也顯示了自己與「南來」先輩對「祖國」的理解與情緒上的不同。在馬來西亞拉曼大學任教的許文榮在討論馬華作家的中國性時曾強調了其中的隱晦與符號性質：「馬華文學所召喚的不是『現實的中國』，而是『符號的中國』、『想象的中國』，現實的中國已經離他們很遙遠」。[13] 類似論調雖然在分析許多馬華作家時非常合理，然而，對於吳岸的「中國性」分析，本文卻必須對「吳岸的中國書寫是『純想象』」的想法先做保留，而先從吳岸的經歷，探討吳岸詩中的現實內容的呈現。在「北行集」系列中，吳岸的詩是到了中國後才開戰為主題的書寫，展示一種現實書寫、一種「親身參與」的經驗記錄。換而言之，文化中國的全然想象的論述的不適宜。故此，我更把吳岸看成是一位「想象的回歸者」（imagined returnee）。[14]

---

[13] 許文榮：《南方喧嘩；馬華文學的政治抵抗詩學》（新加坡：八方文化創作室，2004年）。

[14] 「Returnee」這個用詞多使用在離散和移民的研究上，在西方研究中常特別對於在中東戰亂時期離散者使用這個名詞。例如 "Confessions Of A Palestinian Returnee"、"Back from the 'Outside': Returnees and Diasporic

在此，「想象的回歸者」有助於我們對吳岸在本土與中國主題之間的書寫關係進行思考，當中將重點放在吳岸對自己的中國歷史與文化身分的想象。如前所述，吳岸並非中國南來作家，他一九八〇年代才首次踏入中國的領土。因此，在身分上，吳岸的「中國認知」是透過自己在砂拉越接收到的中國歷史、中國文學文化經典甚至課本等資料。嚴格來說，一九八〇年的到訪對吳岸而言只能算是「到中國」，因為從沒離開過中國的軌跡，也無「回歸祖國」的狀態。所以，更多時候，吳岸的回歸是一種心理上的，一種對於先輩住過，自己的中華文化的閱讀中產生出的一種立場，形成一位「想象的回歸者」。以下將從「北行集」、「北行二集」與「北行三集」中的詩進行分析，並將這些詩進一步以「回望」、「目望」、「冀望」觀察吳岸在詩歌中對中國元素的立場與姿態。

表二：「北行集」、「北行二集」與「北行三集」中的詩

編號	詩名	詩集	創作年月	吳岸在詩集中加入的註解
1	探鄉老人	《旅者》北行集	1986年5月18日	香港機場所見
2	門	《旅者》北行集	1986年5月19日	香港赴北京途中
3	沈思	《旅者》北行集	1986年5月20日	北京
4	故宮	《旅者》北行集	1986年5月20日	北京
5	四合院	《旅者》北行集	1986年5月21日	北京
6	旅者：北京車站所見	《旅者》北行集	1986年5月22日	北京車站

Imagining in Iraqi Kurdistan"等。Hassan Khader, "Confession Of a Palestinian Returnee" (Journal of Palestine Studies XXVII, no 1 (Autumn 1997), pp.85-95, King, Diane E. Back from the "Outside": Returnees and Diasporic Imagining in Iraqi Kurdistan. *IJMS: International Journal on Multicultural Societies*. 2008, vol.10, no.2, pp. 208-222.

編號	詩名	詩集	創作年月	吳岸在詩集中加入的註解
7	皺紋	《旅者》北行集	1986年5月23日	京津火車上
8	紫禁城	《旅者》北行集	1986年5月25日	游北京故宮後
9	靈隱寺	《旅者》北行集	1986年5月26日	杭州
10	長安賦	《旅者》北行集	1986年6月6日	記1986年5月28日赴西安
11	信念：觀秦俑有感	《旅者》北行集	1986年5月29日	西安
12	曉望	《旅者》北行集	1986年5月29日	西安
13	剪影	《旅者》北行集	1986年5月27日	西安
14	詠灕江	《旅者》北行集	1986年5月30日	桂林
15	陽朔感懷	《旅者》北行集	1986年5月30日	桂林
16	榕湖畔的古榕	《旅者》北行集	1986年5月30日	桂林
17	七星公園：兒童節在桂林	《旅者》北行集	1986年5月31日	桂林
18	羊城印象	《旅者》北行集	1986年6月2日	廣州
19	廣九線上	《旅者》北行集	1986年6月2日	廣九線上
20	過中環	《旅者》北行集	1986年6月4日	香港
21	我的長城二首	《榴槤賦》北行二集	1989年2月	致《河殤》作者
22	悼胡乎	《榴槤賦》北行二集	1989年4月24日	閱報悉北京大學生集會追悼胡耀邦有感
23	據説	《榴槤賦》北行二集	1989年5月6日	出發往中國前夕
24	天安門廣場	《榴槤賦》北行二集	1989年5月10日	抵北京，夜過天安門有感
25	牆繭	《榴槤賦》北行二集	1989年5月25日	---
26	年輪	《榴槤賦》北行二集	1985年5月	---
27	山水	《榴槤賦》北行二集	1989年5月	---
28	訪杜甫草堂	《榴槤賦》北行二集	1989年5月	聯想文革時期的中國寒士

編號	詩名	詩集	創作年月	吳岸在詩集中加入的註解
29	傷痕	《榴槤賦》北行二集	1989年5月	---
30	中國的老人	《榴槤賦》北行二集	1986年5月	---
31	初夏的街	《榴槤賦》北行二集	1986年5月	---
32	修	《榴槤賦》北行二集	1988年5月	---
33	西湖	《榴槤賦》北行二集	1988年5月	---
34	秋瑾墓前	《榴槤賦》北行二集	1988年5月	---
35	珠江的旋律	《榴槤賦》北行二集	1986年5月	---
36	無題	《榴槤賦》北行二集	1989年5月	---
37	中国列	《榴槤賦》北行二集	1989年5月	離別中國前夕
38	西湖之春組詩	《生命存檔》北行三集	1993年4月30日（古晉葛園）	記93年國際詩人惠州詩會
39	春夜	《生命存檔》北行三集	---	---
40	登長城	《生命存檔》北行三集	---	---
41	她將誕生	《生命存檔》北行三集	---	---
42	石獅	《生命存檔》北行三集	---	泉州石獅市印象
43	敞開	《生命存檔》北行三集	---	---
44	自行車頌	《生命存檔》北行三集	---	---
45	星語	《生命存檔》北行三集	---	---
46	鐘	《生命存檔》北行三集	---	記廈門大學舊式大座鐘

編號	詩名	詩集	創作年月	吳岸在詩集中加入的註解
47	北京的樹在奔跑	《生命存檔》北行三集	---	---

　　上列表二是本節主要分析的文本，分別採自吳岸三本詩集中的「北行集」系列。[15] 從四十七首分布在三本詩集的詩作中，我們可以重新閱讀「落地生根」後的吳岸如何與中國產生出一種熟悉情感。中國雖作為吳岸先輩的祖國，吳岸對於中國的原鄉情感（primordial affinities）並不強烈，三部「北行集」的詩中始終持有一種若即若離的情感，可看成一種關心但並不強勢介入或企圖進行改變的狀態。吳岸在訪問中也提到對於中國有著似近又遠的情感。就整體詩作的出發點而言，吳岸的祖國定位仍以砂拉越本土發展為主要關懷，因此更近似以一位「想象的回歸者」（imagined returnee）的立場來看待中國。

　　在討論中華文化時，阿里夫‧德里克指出縱使中華文化（chinese culture）經過時空轉換，並認為中華文化對身處中國或以外的人而言就只有一種。然而，在這共同想像的中華文化以外，不同華人面對中華文化所做出的反應與態度可以是迴然不同的。與吳岸有明顯反差的大有人在。同樣是馬來西亞華族，溫瑞安（1954-）對於中華文化是如此的強烈濃郁：

　　　　你僅是一頭哭在千里的龍，你年紀輕輕得連感時憂國

---

[15] 北行集有三部分別收錄在吳岸的不同詩集中。「北行集」收錄在《旅者》，「北行二集」收錄在《榴蓮賦》，「北行三集」收錄在《生命存檔》。

都說不上，也沒有人會相信。一般人的心目中你只是才斷乳便假裝吶喊幾聲的孩子……只是鵬飛千里，鵬在天涯，這兩頭困龍又何其鬱鬱啊！何其鬱鬱！[16]

　　這裡不欲將二人作出比較，以吳岸與溫瑞安兩個具有完全不同筆調的作品做出對照顯然相距甚遠。在此對照的用意在於以此顯示出「中國情結」的兩種極端形態，也借以展示馬華作家對於中國的情緒在姿態上大相徑庭的可能性。溫瑞安文中傾訴自己身處在中國之外的南洋所面對的文化困境，對於捍衛自己心目中的「中國性／中華性」，其情感是強烈激昂的，對中國的想望也極為迫切。相對而言，這種「狂熱」在吳岸的中國書寫中並不存在，展露出的是南轅北轍的中國想望。當然，這裡並不意在將兩位的作品進行對照，而是期望表達同屬馬來西亞華人身上也會有不同程度的中華文化的表現。

才轉身
又忘了把旅行證件
放在哪兒
心
總瞥見
四十年前
家門前灼灼的石榴花[17]

16　溫瑞安：〈龍哭千里〉，許文榮、孫彥莊主編：《馬華文學文本解讀》（吉隆坡：馬來亞大學中文系畢業生協會與馬來亞大學中文系聯合出版，2012年），頁118-122。

17　吳岸：〈探鄉老人〉，《旅者》，（砂拉越：砂勞越華文作家協會，1987

這首〈探鄉老人〉（1986）是吳岸在「北行集」中的第一首詩。「探鄉老人」中表達了作者到香港後自覺地感受到與中國在距離上的貼近，體現出即將抵達中國的一種期待、一種即將回到「家鄉」的愉悅。時空交錯的出現，四十年前的場景，與當下接近中國大陸的香港有重疊痕跡。身為東南亞華僑三代，吳岸在「中國情結」的呈現狀態上是複雜的。因此，他所懷的姿態成了應先審視的概念。吳岸的中國想望及中國文化與傳統保持緊密的關係，其詩中也看出將「本土觀點」與「中國符號」進行結合，形成一種「本土與中國的對話」。在吳岸的案例中，我們看到作者在中國之後，想像屬於自己所生活的砂拉越與認知中的文化中國，因此，其詩歌中產生了「回望」筆法的書寫。

> 我的山海關在
> 終年常夏的椰林中在
> 父親留下的
> 破舊的中華課本裡
> 此後我以另一種迪斯尼
> 和血淚
> 凝拌了歲月的沙石
> 向雲靄中層層疊築夢似的蜿蜒滕突
> 我又何嘗知道它在哪裡
> 直到那夜

年），頁87。

狂飆扎起捲過

赤道捲過我的身體

我聽見嶺上旌旗獵獵

心臺烽火升騰

而胸城之門緊閉似鐵

西望

我的嘉峪雄關

巍立在蓊蓊鬱鬱的蒼林間

在你永遠不及的

海的蔚藍色之外

　　以上是〈我的長城二首：致河殤作者〉（1989）的第一
首。[18] 詩中有意識地表示吳岸生長在東南亞，而他的「中
國文化」的養分也在本土攝取。詩中有兩個現象值得再探。
一、雖然身處距離中國千里之外的東南亞，吳岸對中國文化
與歷史的鍾愛與認知並沒有因兩地距離而減少。二、吳岸固
然人在中國，但依舊對於砂拉越有所思念，不斷在詩歌中提
及砂拉越。譬如，詩的開始吳岸便強調「我的山海關在／終
年常夏的椰林中／在父親留下的破舊的中華課本裡」。「中
華課本」是中國與砂拉越的思想「中介」，以詩來開展「本
土與中國」的對話模式儼然推向了吳岸心中對於中國的一種
想望與期待。詩的文字上看似不斷重複吳岸對中國歷史與文
化的讚嘆，但是，吳岸更加強調了自己的祖國在「終年常夏

---

[18]　吳岸：〈我的長城二首：致河殤作者〉，《榴槤賦》，頁141-144。

的椰林」，即砂拉越。例如：「啊／我的嘉峪雄關／巍立在翁翁鬱鬱的蒼林間／在你永望不及的／海的蔚藍色之外」。除了感嘆中國不時的內憂外患外，「嘉峪關」作為中國的一個偉大歷史符號，巍巍的守著中國的邊境。另一方面，砂拉越的位置對吳岸而言卻是在「海的蔚藍色之外」，長城的雄偉對映的是千里之外的砂拉越叢林，在在地顯示吳岸的本土定位始終離不開砂拉越元素的滲透。

　　對於想象中國書寫的背景，黃錦樹曾指出：「在一九四九年以後，流寓的中國文人或歸去或死葬於斯或定居，新的政治情勢也不容許新的流寓，當中國的留學／旅遊之路被切斷，對於新一代的華人而言，『中國』就變成了一種純粹的想象。當中國成為純粹的想象，就意味著它被高度抽象化了，也變成了書面之物」。[19] 中國意象的抽象化在吳岸的詩歌中也是有跡可循的。有兩點可指出：一、吳岸身在中國書寫「中國」時竟吊詭地常把內容拉回砂拉越，使作為本土的砂拉越與中國不斷形成對話。甚至可以說，砂拉越在吳岸的詩歌話語中其實佔據了大主調的地位。二、北行集的「中國」並非「純粹的想象」，而是寫實的記憶。吳岸在一九八五年到了中國。那時，中國仍未處於完全開放的狀態，吳岸以因為公事參與中國會議為由抵達中國，吳岸在當時許多馬華作家在「想象中國」進行書寫時，在中國開放之際，先對於中國進行實際觀察的詩歌描繪。所以吳岸「中國知識」的層面與現實的「中國」環境不斷交替，在另一種閱讀中也看見了在當代中國與古代中國的歷史文化的對照，形成「回

---

[19] 黃錦樹：《馬華文學：內在中國、語言與文學史》，頁84。

望」的主題。以下是〈長安賦〉（1986）第一首與第二首，
詩中同樣以砂拉越為本土與中國進行對話，當中也加入了糅
合中國傳統意象的交織。

我馳騁十萬里
我飛越五十年
腳下是黑絲的大漠
耳邊掠過塞外的長風
遠處
那恆不熄滅的
是古黃河燦爛的初光？
當三叉戟開始下降
長安
你可聽見
來自淼淼南冥外莽莽叢林的
我忽忽的馬蹄聲

依舊是玉關情深的李白的一片月
依舊是映入鄜州閨中的杜甫的清輝
猶記得
烈風不止的大雁塔
次第明亮的驪宮千門
渭城別來無恙？
霸陵柳色仍新？
問客從何處來
我曾是樂游原上的歌者

西出陽關的故人

趁月色

把酒拿來

在千年酒碗的缺口上

受我

深深一吻[20]

　　〈長安賦〉中反映出的有馳騁大漠的將士，也有柔情蜜意的浪漫詩人，也有自由踏步於草原的歌者，詩中的多重景觀與「長安」的想像緊密結合。吳岸於一九八五年五月二十八日抵達了中國西安。但是，懷有強烈歷史感的吳岸對於中國古都「長安」的歷史想像更有感觸。[21] 當中的主因在於古代地名長安包含的歷史發生與想像。因此，相對於作為現代地名的「西安」，「長安」在古代與現代對照下有更多的認同感。[22] 古今錯置的意象在他的詩中經常可見，「馳騁十萬里」的英雄人物象徵千里迢迢回到「長安」的吳岸。「淼淼南冥外莽莽叢林」也可以與之前提及的〈我的長城二首〉中「蓊蓊鬱鬱的蒼林間」的砂拉越形成對應。南方的本土是吳岸詩歌中不斷重提的方向，引導讀者留意南北的距離與銜接。吳岸一次次把遠在南半球的砂拉越帶入詩中，足可看出他近乎「痴迷」於「長安」的歷史想像，但作為本土砂拉越與中國歷史想像的交織中對前者卻是有所偏重的。砂拉越的痕跡在吳岸心中無所不在。

---

[20]　吳岸：〈長安賦〉，《旅者》，頁100-102。

[21]　甄供：《生命的延續：吳岸及其作品研究》（雪蘭莪：新紀元學院學術研究中心，2004年），頁183。

[22]　吳岸：〈長安賦〉，《旅者》，頁100-101。

到了〈我的長城二首〉的第二部分，詩歌筆調則更顯澎湃氣魄。吳岸與歷史人物對話，詩中巧妙地對唐詩詞句進行易變，猶如以現代人的身分與古代英雄進行對話。歷史書寫與古城記憶加上大量互文性的運用，吳岸的創作與古代中國文學產生融合。中國古典詩歌的互文運用不時出現在吳岸的詩歌當中，例如，詩中借用了李白（701-762）〈子夜吳歌〉中的「長安一片月，萬戶擣衣者」及〈憶秦娥〉中「秦樓月，年年柳色，灞陵傷別」。其中，吳岸也將王維（692-761）〈渭城曲〉中的「西出陽關無故人」修改成「西出陽關的故人」。這一字之改其實也別有用心。「西出陽關無故人」是王維感嘆友人即將離別。吳岸巧妙改了一字，成「西出陽關的故人」，讓讀者感受到詩人是從陽關外回返的故人，象徵著想像與真實的重疊，也描摹一幅遠歸著在與中國古典文學的對話間。吳岸詩歌中的浪漫主義元素值得探索，〈長安賦〉裡的一句「趁月色／把酒拿來／在千年酒碗的缺口上／受我／深深一吻」。字句盡顯「俠客精神」，豪邁的氣勢突出的是英雄氣魄，而「深深一吻」則加入鐵漢柔情的一面，以浪漫手法帶出現今與古代的時間與空間錯置中的美感。然而，古詩的挪用也將舊詩詞的原意稍作調整。例如〈子夜吳哥〉對遠徵人的思念，或〈渭城曲〉中的離情、送別的情緒。詩句混用於吳岸的詩中雖然讓整首詩增添了新意，但古今意義有所出入的意象，也恐怕會成為某些讀者多有保留的原因。

除了歷史之外，吳岸在敘述現代中國政治的詩歌中，其書寫手法仍想方設法拉近砂拉越的痕跡。以下〈秋瑾墓前〉

（1988）是近代中國政治的例子。[23]

> 不必告訴你我是誰
> 這蒼茫的夕照裡
> 這西冷的煙靄中
> 只悄悄地告訴你
> 在南國的膠林裡
> 一個蕭蕭的雨夜
> 一個小小的女孩
> 曾為我朗讀
> 寶刀歌

　　破除一切執著於對秋瑾（1875-1907）個人的歷史定位是吳岸詩中的重要定調。詩的開始出乎意料地在秋瑾墓前說「不必告訴你我是誰」，其意不在顯露不屑，反而是強調自己的不重要，因為重點在詩歌中的兩位女性，一位是秋瑾，另一位是在南方的小女孩。吳岸在詩中並無直接歌頌「鑑湖女俠」的巾幗不讓鬚眉，也不在描繪「秋風秋雨愁煞人」的就義情境。詩中雖提及「寶刀歌」，卻無「一洗數千數百年國史之奇羞」的浩氣凜然。[24] 在本土家園的一位小女孩是詩人的想念。在看似趾高氣昂的背後，詩人將場景拉到了自己居住的「南國」。「南國」意指吳岸南方的家園砂拉越。詩中的主角是一位來自「南國」的小女孩。吳岸在這裡加入

---

[23] 吳岸：〈秋瑾墓前〉，《榴槤賦》，頁168。
[24] 「寶刀歌」全首及秋瑾的其他詩作可參考郭延禮選注：《秋瑾詩文選》（北京：人民文學出版社，1982年）。

一段「小女孩」的個人回憶，是一段對歷史與道德精神延續的期望。曾為詩人閱讀「寶刀歌」，表現出的是另一種歷史書寫。那「小女孩」在詩人面前閱讀寶刀歌顯示秋瑾的精神為後人所贊頌，也讓讀者感受到女性自主與權力的象徵更是秋瑾精神的延續。作為一位想象的回歸者，吳岸回到中國，想望中國歷史的偉大的同時，詩中仍不斷出現南國的魅影，堅持把詩的場景拉回象徵砂拉越的「南國」。「回望」中國五千年的歷史與文化之外，另一重要指向回望到「南方」的砂拉越，強調了砂拉越與中國之間交流互動的痕跡。「回望」的姿態是吳岸詩歌中與中國在文化上直接的對話。下列敘述是吳岸詩歌對中國的一種「觀察」姿態。

　　吳岸在「北行集」的詩在回顧中國的歷史事件之外，也以詩歌對祖先「故土」的觀察，代表的是一位來自遙遠彼岸旅者的「目望」。身為一位以現實主義為創作原則的作家，其詩的重要特點也在於所見所聞的生動描繪，重點強調客觀與理性地對現實周圍事物的書寫。下列的〈牆繭〉便以一面牆中的圖來反映社會發生的光怪陸離。

　　　梧桐樹下那老牆上

　　　斑斑剝剝是歷史的繭

　　　幾個模糊的批鬥

　　　半掩著依稀的炮火

　　　新貼的一張什麼宣言

　　　已被撕得

　　　剩下抓痕

　　　只有那張專醫皮膚疾與狐臭的

招貼

逃過多少劫數

如祖傳秘方

鎮貼在

殘損的牆角

拆去吧

這厚繭的牆

換一道白淨

映一壁梧桐倩影

　　〈牆繭〉（1989）展示吳岸在創作手法上有別於傳統式的現實主義的直接描述，詩中採用繁瑣意象與隱喻，如「一張宣言」、「專醫皮膚疾與狐臭的／招貼」、「祖傳秘方」等欲指引的不只是現實中的所見，而是思考更深層的社會反思。詩不僅帶出畫面上的精彩，吳岸更把這面牆背後的「大歷史脈絡」，「政治局勢」，「人性灰暗」社會的質問都濃縮於詩中。滿目瘡痍的牆在吳岸的詩中述說中國歷史的傷痕累累，詩中「換一道白淨／映一壁梧桐倩影」更暗喻了吳岸期待中國應在未來拋下前人的歷史包袱，重新出發。作為探訪中國時的南方「觀察者」，吳岸透過詩展露對日常的觀察入微之餘，也同時對當地人的處境深具同理，下列此詩可做出窺探。

他們熟睡

在擁擠的廣場上

枕著行李

熟睡

在南來北往的人流中

他們從哪裡來？

要到何處去？

鞋底附著的

是黃河岸上的泥土？

帽上附著的

是塞外的沙塵？

衣襟上的斑駁

是昔日的淚跡

抑是昨夜的酒痕？

安詳的臉龐上

一層霧似的風霜

掩不住

失去的青春的夢影

但此刻他們已疲倦

疲倦如跋涉過一個風沙的世紀

趁下一程火車未到

他們熟睡了

熟睡在清晨的陽光裡

鐘樓傳來八響鐘

一列火車

在回蕩的鐘聲中

飛奔向前

衝過了黑夜

向一個陽光明媚的夢城

四周雜沓的步履

如星星

如花朵

把他們的夢兒

環繞[25]

　　上述的〈旅者：北京車站所見〉（1986）以吳岸為第一
視角。吳岸作為一名「觀察者」，從客觀「目望」的角度去
敘述自己在北京車站見到的一景一物。[26] 當鐘聲響起、一
列火車「飛迸向前衝過了黑夜」與「四周雜沓的步履」形成
了三種相互交錯的演奏。書寫的重點從視覺觀察瞬間轉移到
聽覺的侵擾，聲音的相互交錯的細緻，也看得出吳岸在現實
主義寫作手法上的純熟度。吳岸見到的是北京車站疲倦的旅
者。二段中的「泥土」、「斑駁」、「淚跡」、「風霜」、
「夢影」等詞盡述的是吳岸眼前滿目瘡痍的環境，以及那些
疲倦旅者的背後故事。與前述〈牆繭〉略顯不同的是，〈旅
者〉當中更具有一種關懷中國社會大眾的同理心。這有別於
現實主義強調的客觀性，吳岸加入豐富的內心感觸，更多時
候，詩中透露出詩人對處於困境的「眼前人」的感同身受。
吳岸的現實主義主張兼具理性與感性，即強調詩人參與對人
事物的觀察與批判，同時也有細膩敏感的浪漫情感的投入。
吳岸在詩中也要表達出自己的大量的觀察力與想像力，以下

25　吳岸：《旅者》，頁93-94。

26　吳岸：《榴蓮賦》，頁149。

這兩首詩也是吳岸對中國的周圍環境的描繪，也看出詩人對現實元素以外的實驗。

我愛看槐蔭下中國的街道

中間

汽車風馳電掣

兩旁

自行車川流不息

街旁行人熙攘往來

一群幼兒鮮花般牽過

老人在陽光下緩步

年輕人坐在石階上

構思著未來

晨風吹過槐樹

綠葉在風中鼓掌[27]

從四合院的窄門裡

從幽暗的衚衕裡

一輛輛

鈴鈴鈴進入大街

小小的輪子

載著霜雪未盡的悲歡

載著朝曦閃爍的理想

一隊隊

---

[27] 吳岸：〈初夏的街〉，《榴槤賦》，頁162。

匯成洪流[28]

　　第一首〈初夏的街〉（1986）主要是詩人在「槐蔭下」
對初夏的中國街道所做的描寫。詩中逐句提出「自行車」、
「行人」、「幼兒」、「老人」等工具與人物，形構出一幅
詩畫。詩中描繪年輕人所構思的未來，詩尾加入飄落的綠葉
在風中的交錯的場景，連葉子也為之鼓掌，似乎街上所有
事物都是美好的。中國初夏的街道盛況與老人、青年與幼兒
的閒情逸致，詩中呈現出一幅完美的日常生活的圖貌。第二
首〈自行車頌〉依循著兩條自行車經過的路線，四合院的窄
門與幽暗的衚衕，作為導入。自行車的功用在吳岸的詩歌中
得以拓展，成為承載「悲歡」，構思「理想」的載體，形成
一隊隊的洪流奔走著。對「環境」刻畫是兩首詩中的重要主
題。詩在物品與空間的流動讓讀者隨詩人的視角觀看環境，
帶出的是現實主義寫作中的重要理念。前述的「回望」與
「目望」的部分重視的是歷史與現今的寫作模式，以及對於
中國有著一種特別的期待情緒，以下「冀望」的類別將繼續
細讀吳岸詩歌的主題與不同立場的思考，開展詩歌內部詩人
詩歌情緒的使用。

　　上述「回望」與「目望」分別對中國歷史傳統的反思
與身處中國的所見所聞為詩的類別。然而，「北行集」中
詩人對於中國的未來期許，也以文字方式透露情感。我將那
歸類在詩人對於中國的一種「冀望」。身為一位「想象的回
歸者」，吳岸對中國未來的發展有充分的關注。在這裡，吳

---

[28]　吳岸：〈自行車頌〉，《生命存檔》，頁94。

岸的詩歌並不從自己與中國的關係出發，而是從自己身為華人的身分審視與中國之間的關係遠近。阿君・阿帕杜萊提出強烈的群體身分（group identity），產生的是一種「我們性」（we-ness），當中附著著許多建立在親屬範圍的集體關係。群體身分建立在血緣、土地或語言上，形成將小群體凝聚的情結（sentiments）。[29] 對砂拉越懷有強烈情感的吳岸，在「身分」上是砂拉越華人。然而，除所在土地外，吳岸在血緣及語言等都與中國分隔不了的關係，這些不同元素的影響之下產生了自己的中國情結，在砂拉越與中國都有群體身分的存在。同時，馬來西亞華人在自國的生存狀態會促使吳岸不斷思索種族之間的平衡點。中國圖像在新馬華文文學中總有千絲萬縷的關係，鐘怡雯在分析馬華散文中的中國圖像時，指出華人雖已本土化，但卻因為原生情感，文學中更為隱晦的中國元素也將無法全然抹去。

> 在血緣、歷史和文化上，「華」與中國臍帶相連。他們的生活習慣已深深本土化，是「馬來西亞華人」：就文化而言，華人卻與中國脫離不了關係，所謂的文化鄉愁即牽涉到對原生情感（primordial sentiment）的追尋，對自身文化的孺慕和傳承之情等。[30]

　　吳岸在北行集中的「冀望」姿態在在呈現出華人對中國若即若離的特殊關係。雖然吳岸已經是砂拉越人，但是，

---

[29] Arjun Appadurai, *Modernity at Large: Cultural Dimensions of Globalization* (London: University of Minnesota Press, 1998), p. 140.

[30] 鐘怡雯：〈從追尋到偽裝：馬華散文的中國圖像〉，《中外文學》第2期第31卷（2002年7月），頁116。

對於祖先曾住過的地方，吳岸始終抱著某種程度的關注與期待。然而，這種「冀望」的聲音並不一定直接從敘述者的視角加以呈現。例如〈中國的老人〉（1986）中，吳岸對於中國年輕一代的才能無法得到充分舒展而深感同情與遺憾。

> 把歌聲注入
>
> 下一代的胸膛
>
> 如啼血的杜鵑
>
> 把色彩滲進
>
> 年輕人的畫筆
>
> 似燃燒的紅楓
>
> 把不死的希望
>
> 織入兒女的錦緞
>
> 如死了又復活的蠶[31]

　　詩歌無法確認敘述者的身分，其線索只在其詩名上，〈中國的老人〉反映出的是吳岸從中國人的角度思考，期待詩中展現上一代在傳承對下一代的願望極為深切，渴望下一代能破繭而出。詩句「把不死的希望／織入兒女的錦緞／如死了又復活的蠶」無不表達出一代人對另一代人的強烈的守護心態。這種世代之間的關懷在〈鐘〉[32]的表現方式中更為生動。詩中主體是一個舊鐘的意象。「舊的鐘」雖然已經停止，但擺在舊鐘裡面的新的小鐘又彷彿讓舊鐘重新復活。詩中暗喻舊鐘似乎與一九四九年之前「舊中國」的關係，

31　吳岸：〈中國的老人〉，《榴槤賦》，頁160。

32　吳岸：〈鐘〉，《生命存檔》，頁96。

「那時敲響無聲中國的／洪亮的鐘聲／已消失在迴廊裡的陰影裡」而新的鐘卻帶來了新的希望：「一個小小的電動齒輪／正以輕快的節奏／發出未來／世紀的信息」。「舊鐘」與「新鐘」之間的交替除了可以看成是中國前一代人與年輕一代的交替，就中國整體發展來看，年輕一代如何對於中國進行未來的塑造，也讓詩人抱以重大的期待，也是詩人對中國未來的期望。

　　整體而言，本節以三個層面：回望、目望與冀望，嘗試探究吳岸在北行集中的書寫心態，藉此搜索吳岸對於中國的情感位置。吳岸在詩中體現的本土姿態與中國人看待自己家園的期望有些許不同。扎根於砂拉越的吳岸，他對於中國有所期望、也有反思，但姿態並不強烈，展露出的是一位「想象的回歸者」的內斂情緒。上述主要觀察吳岸在「北行集」系列中關心中國的詩作，並從中理解吳岸以詩對中國展示的立場。第二部分的論述會將詩歌分析的視野拉近到馬來西亞西部，以詩觀察東馬詩人，在詩歌話語中觀察同國中兩個地區的異處，而在吳岸詩作的姿態上，則從「想像的回歸者」轉至「緊密的觀察者」。

二、近處的觀察者：西馬與本土寫作的若即若離

> 砂拉越位於婆羅洲島上，她與馬來西亞的沙巴州，汶萊國及印尼加里曼丹共同在一個島上。[33]

上述引言介紹砂拉越的地理位置，句子看似簡略，但若將之放在整個馬來西亞版圖的閱讀中，我們能夠瞭解到砂拉越在地理位置上與周邊國度的複雜層面。砂拉越的邊界共有三個不同國度，雖然砂拉越與沙巴隸屬馬來西亞，但卻與馬來西亞半島隔於一片南中國海。相比之下，砂拉越與馬來西亞半島的地理距離不如汶萊與印尼相近。作為中央的西馬與位於東馬的砂拉越之間的距離也隱約「致使」砂拉越有更多的自主性。

與西馬普及的繁榮程度相比，砂拉越書寫再現的是被冷落的邊界，有著明確疆域的形成。這與砂拉越獨有的政治體系相關。砂拉越政治的自主性可從布魯克朝代開始。當詹姆士・布魯克（James Brooke, 1803-1868）在統治砂拉越時，他採用的是一種「結合歐洲帝制與傳統馬來州國的獨特綜合體制（unique hybrid form）」。這點形成了砂拉越在政治模式上的獨特性。此外，法律體制上，「傳統習俗法律（adat）有

---

[33] Kee Howe Yong, "The Politics and Aesthetics of Place-Names in Sarawak", *Anthropological Quarterly*, Vol.80, No1 (winter, 2007), p. 67.

關於土地與其他相關的條例皆被納入砂拉越土著的行政程序（administrative procedures）與法律條規（legal code）」。[34] 華族的管制也有所不同，「布魯克王朝採用了當時東南亞各屬殖民地行之有效的甲必丹制度來治理砂拉越華人。」[35] 因此，砂拉越的政治管理制度便是一種類似西方與馬來管理制度的結合，是一種砂拉越獨特自主體制的開端。

　　歷史發展在二十世紀時也增加了東馬與西馬之間的張力。砂拉越在一九四六年七月一日由王國（kingdom）轉成了殖民地（colony）。然而，這並沒有讓所有砂拉越人感到雀躍萬分。此過渡不乏爭議，當中甚至有學者指出過程有「舞弊的指責、州議會（Council Negri）投選的外界干涉、刻意向民眾隱瞞重要過渡事項，及刻意加速過渡過程等」。[36] 緊張的狀態一直維持到一九六一年。一九六一年，東姑阿都拉曼提議建立一個由馬來半島，新加坡、砂拉越、沙巴及汶萊的馬來西亞聯邦」。 然而，馬來西亞聯邦的想法也引起了許多反對聲潮。「一九六三年，華族、達雅族近萬名群眾突破禁令，展開反大馬示威，高呼『不要大馬』，『要全民投票』」。[37] 此時期的砂華文學作家也多以反殖民、反侵略為口號進行書寫。政治的紛亂動搖了整個婆羅洲，作為一種呼應與反思，吳岸在一九六三年作了下列的〈望邊疆〉，詩中敘述了在森林中進行鬥爭的反殖民、反侵略分子。

---

[34] Robert L. Winzeler (ed.), *Indigenous People and the state: Politics, Land, and Ethnicity in the Malayan Peninsula and Borneo*, p. 6.

[35] 鄭志鋒：《砂拉越華人政治演變研究》（福建：福建師範大學碩士論文，2003年），頁15。

[36] Kris Jitab and James Ritchie, *Sarawak Awakens: Taib Mahmud's Politics of Development*, p. 9.

[37] Kris Jitab and James Ritchie, *Sarawak Awakens*, p. 9.

崇山峻嶺

嶙峋三千里

莽莽加里曼丹

南北兩天地

遙望邊區風光

白雲下面一片翠綠美土

其實蠻煙瘴雨

瀰漫了一個地獄

猿山深

蟒林更深

多少彪悍民族兄弟

在受苦

刀耕火種

代代餓死

只有猿啼代哭

只恨那殖民主義殘酷

幾時把它鏟除？

今日人民

武裝起義

邊疆槍聲急

多少熱血男兒

奔上梁山結寨打游擊

待來日

金桐當戰鼓

長矛土槍齊出

把這荒山密林

變成反帝反殖

最前陣地[38]

　　詩歌中表現加里曼丹州在政治紛亂之後的武裝起義的
亂況。詩歌中無處不透露出年輕吳岸對於當時戰亂的擔憂。
此外，詩中更透露出了吳岸個人在反帝反殖的堅定立場，如
「只有猿啼代哭／只恨那殖民主義殘酷／幾時把它鏟除？」
當時的歷史走向對於砂拉越在馬來西亞版圖中的位置有著
直接的關係。這裡重點在於，砂拉越的政治體系總維持著自
治（autonomous）但非獨立（independent）的狀態。砂拉越
擁有天然資源，族群比例與西馬不同，原住民的特色也使
砂拉越充滿多元族群色彩。在加入馬來西亞聯邦時，一些反
對的聲浪甚至主張砂拉越應形成一個獨立的國家。由於東馬
與西馬有著顯著差異，砂拉越的州政府在「十八點條約」
（eighteen points agreement）下與西馬本島的其他州政府對照
之下仍有較多自主權力。[39] 然而，砂拉越多自主性不斷受到
威脅，費沙哈茲認為砂拉越的政治長期受到了中央政府的左
右：「隨著時間的推移，砂拉越的『特權』（special rights）
被強大的中央政府侵蝕，開始了中央領導與砂州領導之間的
持續爭取（contention）」。[40] 馬來西亞原定於一九六三年八

---

[38] 吳岸：〈望邊疆〉，《破曉時分》，（砂拉越：砂拉越華文作家協會，2004
　　年），頁42-43。

[39] 「在政治條規底下，砂拉越的『十八點條約』（eighteen points agreement）
　　在某些程度上維持了砂拉越的自主性，條約包涵了眾多不同層面的議題，
　　如宗教、語言、教育、移民、公民身分、關稅與經濟、土著特權、國會代
　　表、樹木與土地徵用控制。」Faisal S Hazis, "Winds of Change in Sarawak
　　Poiltics?", S.Rajaratnam School of International Studies Singapore, 2011, p. 1.

[40] Ibid.

月三十一日成立,由於反大馬情緒,聯合國調查團的到來,只得拖延,九月四日調查團完成任務返美,在報告未出之前,馬英政府唯恐夜長夢多,於一九六三年九月十六日宣布「馬來西亞」成立。從此,砂拉越併為馬來西亞的一州。

　　如前述,雖然同為一國,砂拉越與西馬之間有本質上的不同。一、西馬主要有三大民族,即馬來族、華族、印度族,馬來人所佔比例超過百分之六十。砂拉越則有二十六個民族,其中,伊班族佔百分之二十九點一,華族佔百分之二十五點九,馬來族佔百分之二十二點三。砂拉越是個主要由非回教土著(Non-Muslim Bumiputera)組成的州。與馬來西亞半島最明顯不同的是,並沒有一個族群在砂拉越組成一個「多數」(majority)。[41] 二、在西馬,政黨的分線是在於種族和宗教。在砂拉越,大部分政黨是多元種族和多元宗教的。三、砂拉越種族關係的歷史不同。西馬在一九六九年發生種族騷亂時,砂拉越沒有發生類似的事件。四、砂拉越的政治、經濟和文化發展水平,都落後於西馬。[42]

　　東西馬資源分配不公的論述不少。傅承得(1959-)形象化諷刺砂拉越承受著中央政府的不公平對待。他比喻牛頭在東馬,牛身在西馬。牛把東馬的草(資源)吃掉,而牛奶(資源換取的實質利益)則全都到了西馬。陳大為也對西馬人對於東馬沒什麼認知而有所感嘆,並表示:「對極大部分的西馬人民而言,東馬只是一個地理名詞,也許他們活了一輩子也沒有機會讀到東馬的報紙,甚至連有哪些報紙都不曉得。一個南中國海,便把馬來西亞分隔成以西馬為中心的兩

---

[41] Ibid.

[42] 東馬與西馬d差別,可參考:鄭志鋒:〈砂拉越華人政治演變研究〉,頁3-4。

個地理世界，各種資源的分配都很不公平。」[43] 雖然出現了許多不平之聲，但就文學而論，差異性的存在反而建立了砂拉越與砂華文學的獨特性。阿沙曼指出政治也是砂華文學獨特性的面向之一：「事實上，除了多元化民族而構成的特殊人文社會外，經由量變（抗日、反讓渡、反人頭稅、反麥米倫教育白皮書、反大馬）至質變，地方議會直接選舉，加入大馬之社會變革的整個歷史蛻變過程，應該是這個獨特性的重要方面」。[44] 將原住民與馬來人連同定位在「土著」（Bumiputera）的做法無疑加深了族群之間的緊張關係。華人研究學者廖建裕（1941-）便指出：「隨著東部砂拉越與沙巴的加入，要維持馬來人高於一切的階級觀就變得比較困難。當局因此創造出『土著』這個概念，以把非馬來人的原住民納入馬來西亞民族。不過，由於馬來人仍然佔多數，他們又掌握了政權，這就在馬來人與其他非馬來人原住民之間製造了一種緊張關係。」[45]

此外，在東馬，「土著」的身分並不受非馬來族的喜愛。一些砂拉越的達雅族人便對此身分有所保留（cynical），認為「土著」的權益都只給予馬來族，特別是馬來西亞半島或西馬（Semenanjung）。[46] 原住民無論是對於砂拉越州政府或是吉隆坡中央政府都抱有懷疑的態度。在砂拉越，州政府被認為是比馬來西亞半島的吉隆坡中央政府有更少侵佔性

---

[43] 陳大為：《最年輕的麒麟：馬華文學在臺灣》（臺南：國立臺灣文學館，2012年），頁22-23。

[44] 鐘怡雯：《馬華文學史與浪漫傳統》，頁206-207。

[45] 廖建裕：《東南亞與華人族群研究》（新加坡：新加坡青年書局，2008年），頁61。

[46] Robert L. Winzeler (ed.), Indigenous People and the state: Politics, Land, and Ethnicity in the Malayan Peninsula and Borneo, p. 9.

（less leverage），達雅族人非常關注州政府試圖回教化他
們，他們也擔憂除了回教化以外，本土語言以及文化也會隨
著發展與現代化而逐漸消失。最終砂拉越會被西馬的政治與
文化霸權所侵蝕。[47] 因此，作為中央政府的西馬與相隔南中
國海的州政府東馬之間似乎存在著某種利益上的衝突關係及
相互的不信任。吳岸的詩對於吉隆坡便透露出這種對於高度
城市化的想象缺乏信任。這種不信任更多體現在西馬地區，
如吉隆坡的紛亂氛圍。

> 煙非煙
> 霧非霧
> 巍巍高樓
> 盡在虛無飄渺間
> 高樓下
> 有人在呼吸新鮮空氣
> 有人在戴防毒面具

　　上列的第一首〈吉隆坡之晨〉[48] 開始的「煙非煙／霧
非霧／」毫無疑問的讓人聯想起白居易的〈花非花〉。詩歌
建立在弔詭之中，首先，以白居易（772-846）詩中美麗迷
濛意境對比之下的吉隆坡的空氣污染更顯反諷。第二，吉隆
坡的空氣素質與高度城市化及工業化所產生的環境問題讓詩
人感到關注。詩人敏銳地觀察出在高樓下的兩種情景。一、

---

[47] Robert L. Winzeler, "Modern Bidayuh Ethnicity and the politics of culture in Sarawak," Robert L. Winzeler (ed.), *Indigenous People and the state: Politics, Land, and Ethnicity in the Malayan Peninsula and Borneo*, p. 227.

[48] 吳岸：〈吉隆坡之晨〉，《生命存檔》，頁75。

「有人在呼吸新鮮空氣」。二、「有人面帶防污面具」。如果吉隆坡的空氣是污穢的，那麼為什麼會有人去呼吸自然空氣。可是，如果是乾淨的，又為何有人帶著防污面具？詩中呈現出的是一個很微妙的觀察，看似荒謬但其實不然。對於吉隆坡的許多「不知名的危機」，詩人透過詩歌表達了內心的極其不安。該採取哪種反應，詩人本身似乎也沒有肯定的答案。對日常事物的觀察細緻入微是吳岸詩歌中的特質，以另一首詩〈壁畫〉（1987）為例，詩人以對一面壁畫中的觀察，將壁畫的張貼內容轉化成不同解讀符號，從拼貼式的雜亂展示吉隆坡社會的複雜層面。

> 踏出公寓的第十八樓的電梯
>
> 迎面的牆壁
>
> 又變得一片雪白
>
> 開始總有啼哭的小孩
>
> 隨手抓把青濃的鼻涕
>
> ……
>
> 有人在角落透露神祕的數字
>
> 露茜的電話麗莎的暗碼
>
> 羅絲瑪莉的三圍
>
> 底下赫然還有包你滿意的
>
> 男人的長度
>
> 更有鬼馬
>
> 一筆完成夏娃的曲線
>
> 細膩處竟也纖毫畢露
>
> 晨市歸來的主婦

夜檔回巢的麵販

還有吞雲吐霧的少年

游游出出

你一抹酸黃的汗水

他兩掌炭黑的油污

再添點大麻的灰煙

那夜有個醉漢

一口吐出七彩生鍋

牆角幾處龍爪鞋跡

記錄著一場龍爭虎鬥

只有那悠悠的上空

敷了不知多少紅顏的淚

瞧滿壁love you hate you

歪歪斜斜

滿天星斗

直到一個週末午夜

一個纖纖弱女

在騰空的電梯裡

決意不上十八層地獄逐

一刀向負心郎的懷抱

叫他在天堂門檻

濺一壁滿江紅[49]

49　吳岸：〈壁畫〉，《榴槤賦》，頁41。

〈壁畫〉的寫作特色與吳岸擅長的人物或景物描繪相當不同。詩作中巧妙運用的描繪細節，「那夜有個醉漢／一口吐出七彩生鍋」、「一刀向負心郎的懷抱／叫他在天堂門檻／濺一壁滿江紅」等等怵目驚心的寫法，除了帶出壁畫中大雜燴式的情景也帶出城市中暴力、情色、複雜的人性醜態皆從這面壁畫中展露無疑。都市在吳岸的詩歌中相伴著不安、危險、混亂，縱使詩中看似由不同的事件及廣告等拼湊而成，但都在在暗示著作為高度城市化的吉隆坡背後社會安全的問題。

　　在詩歌的世界裡，高度城市化的吉隆坡在吳岸的詩歌中常作為秩序紛亂的再現。以下的〈華燈〉（1979）中便透過一起在吉隆坡街道被打劫的情境再現對吉隆坡的冷漠與安全的憂慮。

　　　　一夜之間

　　　　吉隆坡

　　　　又增添了多少？

　　　　霓虹燈

　　　　你正驚嘆

　　　　武吉免登的流星

　　　　和影院前

　　　　辛康納利

　　　　殺敵的英姿

　　　　「朋友」

　　　　一個陌生人的招呼

　　　　「請幫幫忙」

你回頭

詫異變成啞然的

驚駭

一把匕首

向你腰間

微閃著青光

一剎那都

暗了[50]

　　雖說是中央政府的位置所在，高度城市化的吉隆坡在治
安上讓詩中的主人翁深感不安。吳岸以詩歌也反映對吉隆坡
的極度陌生。詩的前半部是五光十色的吉隆坡城市，前半部
平淡的鋪排加更突出後半部打劫事件的發生，形成轉折與高
潮。詩中「陌生人」的請求竟然是一次可怕的殺機，一聲招
呼換來的是一場打劫事故，生命安全受到嚴重威脅，人與人
之間應有的信任降至冰點。詩中也反映出城市璀璨的燈飾，
但人民的安全不受保障，再亮的霓虹燈也無法讓人民安心的
在街道上感到自在，詩歌充分展露出人在都市地下的恐懼與
擔憂。

　　綜合吳岸詩中對新加坡與馬來半島的觀察，吳岸在詩
歌中對於馬來半島帶有一種審視的觀察視角。對於西馬所
處的負面狀態，吳岸更是給予強烈批評，顯示出砂拉越與馬
來半島的唇齒關係，故在此節中將吳岸定位在近處的觀察者
（close observer），下述的分析中將進一步探索吳岸詩歌中

---

[50]　吳岸：〈華燈〉，《達邦樹禮讚》，頁46。

第五章　觀望他者

1
7
3

對作為祖國與家園的砂拉越與中國之外的其他國度的詩歌姿態作出解讀，試圖尋找有意義的地方與詩歌之間的關係。

三、寫意的旅者：詩歌向全球邊界的延展

　　在對吳岸作品中的中國與西馬的「他者」姿態進行分析之後，吳岸如何從家園向世界其他地方思考也至關重要。本節對吳岸詩中的他國主題進行審視。與前兩節稍有不同，這裡的做法有「由遠至近」的模式，主要是從一個宏觀視角先審視吳岸在全球的書寫，逐步拉回到吳岸的本土場域砂拉越。猶如德里克所提及：「『接觸領域』超越國家、文明、政治經濟」。[51] 因此，「接觸領域」的閱讀不單只是從政治性質與疆域劃分，吳岸詩中的地理空間分布來討論的目的是讓這些區域成為「接觸領域」的一部分，這有助於我們瞭解吳岸文學邊界的延展，從本土到區域，甚至是全球性的關懷。然而，與砂拉越、中國及馬來半島相比，吳岸在書寫其他國度時的姿態與情感更顯抽離，似一位寫意的旅者（casual traveller）。

　　對於不同場域的書寫，吳岸強調的是一種具有世界觀的書寫。在訪談中，吳岸針對有作者提出書寫主題不足的觀點提出想法，並鼓勵詩人：「去學習那些歐洲作家，你們到歐洲去，到以色列去，到阿富汗去，去那邊寫……人才不能總去中國西湖就寫西湖的景色……寫的都是旅遊局的散文。沒

51　Arif Dirlik, *Culture & History in Post-Revolutionary China The perspective of Global Modernity*, Hong Kong: The Chinese University Press, 2011, p. 160.

有力量。你們應該去看戰爭，去看阿拉伯這些去寫。冒著危
險去寫」。[52] 吳岸的詩歌中也對世界各地發生的重要事件
多有著墨。發生在一九八〇年至一九八八年的「兩伊戰爭」
或稱為「波斯灣戰爭」的影響力在當時而言已是超越國界，
遠在砂拉越的吳岸雖然無法直擊現場，但也對戰爭的殘暴以
及牽扯到當地無辜的生命而以詩歌提出強烈異議並加以批
判。如〈CNN－海灣戰爭〉將戰爭傷亡的殘酷「從電視黑
箱裡／抬出一具具屍體」與戰爭勝利後的愉悅「歡樂的背景
音樂／隨即揚起」兩種截然不同的情緒影響吳岸對戰爭的思
考，戰爭勝利建立在許多被犧牲了的生命。身為局外人的吳
岸固然反對戰爭，雖無法實際改變其發生，但能以詩歌寄出
悲憫的同情與憤怒的不平。[53] 另外，吳岸也以戲謔的手法
描繪波斯灣戰爭的「戰況」。

　　　　把書包擱在路旁

　　　　他們以瘦弱的小手

　　　　互相扛起沉重的沙包

　　　　像幼稚園的孩童

　　　　堆疊著

　　　　小小的堡壘

　　　　在巴格達街頭

　　　　五角大樓剛宣布

　　　　美國已製成最大的炸彈

52　吳岸訪問中有更仔細的論述。請參閱附錄：吳岸訪問。
53　吳岸：〈CNN-海灣戰爭〉，《破曉時分》，頁72。

布什總統接過電話聽筒
謝謝你的祝賀
布萊爾先生
我正從白宮的玻璃窗內
瞧見那群小小的白老鼠

　　其中較促動人心的是〈巴格達二首〉（2003）。[54] 上例顯示的是第一首〈伊拉克的孩子〉。詩歌主要刻劃戰地中面對著生命威脅的無辜婦孺。猶如兩個各別在巴格達及美國攝影機的現場拍攝，詩中形象化地描述伊拉克的小孩在巴格達街頭堆砌沙包的情景。第二段詩人則「進」入美國的五角大樓內，向我們「透露」出「美國已製成世界最大的炸彈」，祝賀的舉動無疑是一種反諷。這是詩人對政治人物以戰爭來解決問題的方式表達強烈不滿，而那群「小小的白老鼠」便是在巴格達街頭上被無辜犧牲的孩童，就連他們的「母親」也難以倖免。第二首〈伊拉克母親〉中則是「身披黑紗走過巴格達街頭」的女子，她象徵的是戰亂中母親的角色。這位母親角色面對著手無縛雞之力的母親面對著「一千枝大炮／一萬枚巡航導彈」，詩歌中並未說明女子為何並不閃躲，然而，絲毫不畏懼死亡地「信步走向廣場」，再現的是面對死亡威脅也必須展現抵抗的毅力。

　　吳岸在創作以亞洲為主題的詩歌時少了戰亂的譴責，但多了社會層面的關懷。當中，較為值得我們去探究的吳岸在走訪京都與東京新宿時的情感出入，這兩首詩有著迥然不

---

[54]　吳岸：〈巴格達二首〉，《破曉時分》，頁76-77。

同的主題，也讓我們瞭解日本不同地區中可能存有的強烈衝突。第一首〈新宿〉（1982）的篇幅較長，一共有四百六十字，是吳岸詩歌中是較少見的「長詩」。[55] 然而，篇幅之長是有其必要性的。詩的內容讓人們能夠隨著詩篇走游一趟「新宿」繁華背後的墮落。在這五彩繽紛的花花世界裡，吳岸以一種獨特的方式將讀者往下牽引至人類墮落的最深處，隨後又緩慢上升直到早晨陽光滲透後的街道。詩中出現了六次「向下」。「向下／沿著酒肆的醉眼向下／沿著壽司的巨口向下／沿著歌舞廳的粉腿向下／被音的狂風旋轉著向下／被光的輻射分解著向下」落下的步伐也意味著人性的墮落，在不斷向下至谷底時，出現的是人類赤裸裸獸性的一面。「一頭赤裸裸的獸／正在用舌頭／舔食著／少女青春的殘碎」顯示在新宿的紅燈區深夜背後的黑暗情慾與獸性的宣洩。隨著時間走動，夜晚漸漸消逝，詩人帶引讀者不斷向上，直「至最高點」重見「一個飛揚的太陽」而眼前剩下的是一個在大路旁的清道夫，不斷「掃著昨夜飄零的櫻花」。作者在這下降與上升至間帶領的是一次人性的旅程，詩人以「凋零的櫻花」再現新宿夜晚的墮落侵蝕了人性的軀體與心靈，詩歌中的清道夫也「打掃」著需要救贖「心靈」。同樣是櫻花，〈秋之夜〉（1980）中的櫻花意象的使用意義則迥然不同。詩呈現出一副日本自然的美景，「風在櫻花樹梢沙沙作響／竹影在紙窗上撫弄著月光」，然而，這表面的美是一種偽裝，詩中的櫻花樹意象帶出的是在美景面前讓人觸動的滄桑。詩歌的重點在詩人過夜的「六蓆斗室」，以及在當

---

55 吳岸：〈新宿〉，《我何曾睡著》，頁32-37。

中展開的一段情感對話：「我問你歲月曾留下什麼／你笑容你有／不畏霜雪的／寒梅的傲骨／你問我可曾虛度年華／我慚愧只有潮汐後殘存的／碎貝的詩篇」。[56] 當中出現的是一段孤獨的對話。這種自我的對話帶出了詩人對於創作的堅持也有著對時光流逝的傷感。

　　吳岸在走訪韓國與臺灣時也留下詩篇，雖然數目不多，但也有將該國風土情調展現出來。吳岸到了韓國後，寫下該國的重要地標之一「漢江」美麗的詩歌。〈漢江〉（1982）這首詩歌展露的是冬天過後百物正在「發芽」、「甦醒」後的情境。[57] 詩中文字優美，足以刻畫出一副百物待興的漢江影像。譬如詩中的「光禿禿的樹枝／連綿／似延長的面紗」，「數不盡嫩黃的芽眼兒／正在寒風裡／悄悄甦醒」等。與漢江的場景描繪不同，吳岸在臺灣深入民間，將自己與一名臺北司機的對話投入詩中，帶出一段歷史故事。〈臺北司機〉（1980）主要敘述一位口操「吃力的北方口音」的計程車司機，他對詩人表示自己給老家山東的年邁父母捎信，可是一直音信全無。[58] 詩人對家人在兩岸的分隔深感同情。詩中的感情故事帶出的是一段政治的歷史。在八〇年代以前，臺灣與中國在地理上雖然很靠近，但卻因為政治緣由而阻隔交流，這也導致當中從中國到臺灣，無論是當時的國民黨軍人或是隨著這些軍隊南下到臺灣的民眾，這群人無法想像自己可能終其一生再也無法見到仍在中國大陸的親人，那股離別情緒與生命的破碎促使吳岸思考情感間人的聯繫與

---

[56]　吳岸：〈秋之夜〉，《達邦樹禮讚》，頁110。

[57]　吳岸：〈漢江〉，《我何曾睡著》，頁30。

[58]　吳岸：〈臺北司機〉，《達邦樹禮讚》，頁115。

政治張力。

　　吳岸書寫關於東南亞的詩歌在數量上是豐富的，並且善於將當地特色以詩作描繪。特別是當自己涉足於這些與砂拉越毗鄰的國度，吳岸詩中的情感更顯濃郁。新加坡與砂拉越的關係相當特殊，由於早年出版社集中在新加坡，許多文學作家，包括吳岸對新加坡有熟悉感。在訪談中，吳岸指出他與田思等作家都是在新加坡南洋商報起家，對新加坡有著濃厚的情感。田思甚至認為西馬對他而言反而比較隔閡，因為新加坡早年影響他們很大。[59] 由此可見，新加坡對吳岸而言並不陌生，也自述對新加坡的特別感觸：「新加坡不僅是這一地區工商貿易的中心，也是文化和教育的中心。五〇年代砂拉越有大批的華校生負笈南洋大學。在文藝寫作方面，那時崛起的砂勞越華文作家，如魏萌及我本人，作品主要都發表在新加坡出版的南洋商報文學副刊及其他文學刊物上」。[60] 在詩歌的世界裡，吳岸也多次紀錄自己對新加坡的所見所聞，當中，他以一串串數字表露出自己對新加坡的印象。

三十二公里的河
一百六十六公尺的山
五十二層高的旅店
獅城
在女導遊的柔聲裡
濃縮成一朵

---

[59] 參考附錄：吳岸訪問。
[60] 吳岸：《馬華文學的再出發》，頁113。

鍍金的胡姬

在德士司機的喉裡

結成一口

吐不出的痰[61]

　　上引的〈獅城印象〉（1983）開始一氣呵成的三句「三
十二公里的河／一百六十六公尺的山／五十二層高的旅店」
帶出的是許多不同的數字，數字的繁瑣雜亂暗喻新加坡的
「數字化」科技與經濟發展，數字或成了這個小國的唯一
測量成功與否的標準。而詩後半部引入人物的衝突，體現張
力。第一位「鍍金的胡姬」反映的是新加坡在女導遊介紹時
的完美形象。然而，當詩人與德士司機對話時，接收到的又
是新加坡的另外一幅情景，從鍍金胡姬變成「德士司機的喉
裡一口吐不出的痰」。那又何嘗不是新加坡在八〇年代的社
會發展迅速，外觀轉變巨大的時刻，新加坡文化上能夠也迅
速亦是令人擔心。此外，新加坡在八〇年代以後發展快速，
社會面貌不斷改變，吳岸對此也頗有感觸，到新加坡時寫下
〈新加坡河〉（1980）也可作出對照。[62]詩的開始以「誰
相信／這含腥的濁流／是頂天立地的金獅的臍帶／」帶出了
新加坡河當年作為重要樞紐的事跡。新加坡河早年用來作為
貨船運河，長期處在污穢不堪的狀態，在一九七七年，由當
時的新加坡總理李光耀提議清理新加坡河，後來新加坡河的
面貌煥然一新，某些沿河景點更成為了新加坡人及旅客會到
訪的地方。有意思的是，詩歌的後半部脫離了景物的描寫，

---

[61]　吳岸：〈獅城印象〉，《旅者》，頁83。
[62]　吳岸：〈新加坡河〉，《達邦樹禮讚》，頁146。

第五章　觀望他者

181

進入到人物對話的紀實，當中亦對新加坡的語言發展有所表述。詩中的「大排檔老闆」提醒詩人說這裡除了方言的快速流失之外，外在的景物「也快沒了」，將新加坡河周圍景物的逝去與方言的即將流失做出對照。此外，吳岸在《我何曾睡著》中也有「星跡」系列，在系列的六首詩中，較明顯關於新加坡的只有〈音樂噴泉〉（1983）與〈新加坡詩人〉（1983），其他多屬在新加坡發生事件的感觸。[63]

　　除了新加坡之外，菲律賓也是吳岸詩中關注的地方。菲律賓，被稱之為千島之國，位於亞洲東南部，由七千一百多個島嶼組成。由於菲律賓與砂拉越的地理位置相近，吳岸在詩中對菲律賓的國家議題頗有涉及，例如〈今夜你能否安睡〉（1983）、〈馬尼拉・八五年十二月〉（1985）、〈碧瑤道上〉（1979）、〈異鄉之夜〉（1979）等。吳岸在〈今夜你能否安睡〉對於一九八三年菲律賓民主運動領袖阿奎諾於二十一日返抵國門遭槍殺身亡，讓吳岸想起「露宿在馬尼拉灣石堤上的青年男子」，並關切提問他「告訴我／你是否能安睡？」，表露了詩人對於政治暴力的懼怕與譴責。吳岸對於菲律賓日常生活中的小事也刻畫有加。例如在〈馬尼拉・八五年十二月〉的主題人物是一位小女孩。[64] 這位「約十歲的塔加洛少女」，「坐在她的當巴士司機的父親身邊，唱起了一首首菲律賓民歌」。起初小女孩的聲音「開始低吟／聲音像巨石下冒出的流泉」而後來聲音「逐漸高昂／帶著激情和渴望」到了後來甚至「像在哭訴／姑娘們的不

63　吳岸：〈音樂噴泉〉，《我何曾睡著》，頁76；吳岸：〈新加坡詩人〉，《我何曾睡著》，頁77。

64　吳岸：〈馬尼拉・八五年十二月〉，《旅者》，頁57-59。

平」，而此時詩人的心以隨著小女孩的情緒「墜落在碧瑤的
萬丈深淵」。

> 你年老又年輕
> 在喧囂的世界上
> 緩緩醒來
> 看薄霧籠罩著水上人家
> 教堂的金頂在晨曦中
>
> 閃閃發光
> 全世界的眼睛都在
> 注視著你
> 啊
> 汶萊
> 妳已盛裝
> 在鮮花

　　砂拉越的另一鄰國汶萊相對而言在吳岸的詩中再現的
是格外的寧靜氛圍。以〈斯里巴克灣之晨〉與〈吉隆坡之
晨〉做比較，相對於西馬的政治與市區紛亂，吳岸更珍惜的
是汶萊得天獨厚的自然風光。譬如，〈斯里巴克灣之晨〉
（1983）對斯里巴克灣早晨的情境做出美麗的描繪，[65] 詩中
就將斯里巴克灣的早晨刻畫得美輪美奐，詩人沈浸在「閃
閃發光」、如「已盛裝／在鮮花」的美景。在另一首詩〈水

---

[65]　吳岸：〈斯里巴克灣之晨〉，《我何曾睡著》，頁86。

鄉行〉中，吳岸詩中寫的是汶萊的「水村」。[66] 吳岸看見的
是動人的人文地景，除了是「卻有千家萬戶／忽地從海中升
起／看水柱錯立／檐臺櫛比」的外在，也能在別人稱之為
「東方威尼斯」的美妙景色背後，發現「多少悲歡／多少榮
辱」，看見的是更甚美景的動人之處。

　　本章從砂拉越的本土視角出發，將吳岸書寫中的「本
土」視為砂拉越書寫的地方概念。本土書寫與移民前後的
互動在砂拉越逐漸形成了一種屬於砂拉越的主體寫作。對於
中國，吳岸更多的是有距離的關心，與砂拉越的直接介入與
參與有些許差異；作為與砂拉越「本土」對話的「西馬」，
並不意味著砂拉越與西馬具備著完整融合的文學板塊；相同
的，在政治位置上的從屬也並不意味著在砂華文學必須融入
於馬華文學。將砂華文學與西馬文學進行對話，可以將馬華
文學的整體展現出更多層次。從本土的熱帶雨林到關懷全球
的描繪，詩歌的「全球化」書寫擴張了吳岸的詩歌版圖，對
地方與世界進行了完整的接軌。

---

[66] 關於水村的介紹可參閱：吳岸：《我何曾睡著》，頁90。

結論

本土的現實主義

一、從「本土的現實主義」到「文學獨立」

　　如何定位砂華文學是件極其不易的事，無論是從族群文學或語言文學視角切入，皆顯示了其難以界定的文學位置。砂華文學在族群上屬少數群體文學，語言上亦不屬官方定義的國家文學，因此也無法被列入國家一級文學的行列。重要的是，西馬與中國的「他者」位置也提醒著我們不能貿然將砂華文學置於馬來西亞文學或中國文學脈絡體系底下的文學分支。地理、政治、文化、語言的獨特性讓砂華文學產生自己獨有的特質，並充分展現在其書寫主題上，從而建構砂拉越大場所精神。無論是族群投射，環保認知，政治探討，文化思考，甚至是美食或探險經歷書寫等，砂華文學絕對能自成體系於國家文學之外的文學場域，形成文學上的「獨立自主」。整體的文學思考主張將砂華文學與其他文學體系，如馬來西亞華文文學、新加坡華文文學甚至是臺灣文學、歐美等區域文學擺在同個平臺上進行討論，解除國家文學對砂華文學的枷鎖。當然，這裡企圖讓思維延伸至更大的體制議題，即立下「國家」與「文學」最終必然分隔的命題。

　　縱使主題人物只有詩人吳岸一人，但卻不會因為其作品強調寫實或詩集不足十本而缺少討論空間。吳岸本身的研究價值可以兩點來考慮。一，吳岸的作品從第一本詩集《盾上的詩篇》（1962）到《美哉古晉》（2008）橫跨了近半個

世紀，其堅持的現實主義文學也讓其成為同輩現實主義作家的代表人物。二，就理論層面，吳岸的現實主義創作與獨靠中國文化或只重視政治宣洩的現實主義書寫有明顯區別，吳岸近乎所有創作都從「本土」出發，作品的核心關懷面始終離不開砂拉越，「本土的現實主義」儼然成了吳岸的自身風格。從文本解讀到文學場域，本書期待以吳岸為個案研究，俯瞰砂華文學的整體發展。

現實主義與本土性是吳岸詩創作理念與文學作品中的兩個重點屬性。本土性環繞在空間的觀察，而現實主義則側重在文學創作的思考與實踐。乍看之下，兩者可分而述之。然而，這兩個不同元素形成相輔相成的結合便是本書所關注的。身為一位堅持以現實主義為創作原則的詩人，吳岸如何詮釋現實主義理論至關重要。本書從「權力」、「真相」、「主體」三個層面對吳岸創作中的「砂華文學獨特性」進行辯證。在現實主義的文學作品中，「文學」與「權力」的拉鋸更為彰顯，這一現象在吳岸詩中也展露無遺。甚至可以說，以現實主義為理念的文學創作便無法擺脫權力的束縛。現實主義作品主要刻劃地方張力，被視為一種文學「權力」的再現，而「真相」展現了現實主義文學的理念，欲再現的真實性。這種真實性在吳岸的現實主義作品中體現在地方書寫的精彩，即再現了砂拉越本土性的特質。

吳岸作品中對自然、地理與族群的關懷在詩中透過意象，史實，神話，對地方的觀察等模式展現，以不同主題，形成主體間的相互碰撞，展露的是吳岸作品中主體與本土的對照。然而，吳岸的作品中也有許多可開展之處。在現實與本土的「融合」之外，吳岸重視本土書寫的策略也導致他在

主題發展上顯得單一，風格煉成之後甚少參考其他更為抽象寫法的可能。無法開展出許多不同特色糅合的吳岸書寫，從而不可避免地無法以「他者」為「主體」，造成與外界的某種「分離」。在文本細讀的部分，吳岸的詩也不常出現深度隱喻或脫離邏輯秩序的意象，以致某些詩作難免顯得過於直述，特別是早期的作品，其口號式的重複句子雖顯示歷史當下的浪漫情懷，卻缺乏了讀者詮釋的閱讀樂趣。

二、本土世界觀：當「他者」介入「本土的現實主義」

　　「本土的現實主義」除了確認吳岸寫作背後的現實主義與本土性之外，反向思考如何定位「他者」亦更關鍵。本書試圖將「他者」的界線劃清，從本土與他者的交流中開展出更多的本土性思考。首先是審視吳岸與作為祖國的中國的關係。吳岸對於中國的認知建立在歷史與文化的面貌，與中國的人或地方都有所缺席，是「想像的回歸者」。與砂拉越同國的馬來半島（西馬）進行對照，砂拉越在地理位置，政治體系、族群比例上都與西馬的其他洲有明顯差異；從歷史脈絡來看，砂拉越自布魯克王朝以來幾乎保持著一貫自治但非獨立的狀態，加入馬來西亞之後在地方政府的行政上亦是如此。吳岸詩中透露出東馬（砂拉越）與西馬之間的及親密又緊張的關係，同國之間東西馬之間的陌生不言而喻。因此，對於西馬，吳岸是一位「近處的觀察者」。此外，吳岸寫作中在中國與馬來西亞的其他地方，吳岸詩中很多時候表現出的是旅者所記錄的「此時此景」，對事件作出反思或是將場景刻畫以文字保存，在主題的態度上也明顯少了如對中國與西馬時陷入的情緒糾葛，是一位「寫意的旅者」。從整體吳岸詩中納入對他者的研究，可了解到他者與本土主題之間除了有相互撞擊的元素，亦有存有相互依存的關係。

　　從本土出發的寫作並不單純指向一種全球化底下的抵抗

行徑，也不意在張揚砂華文學與其他文學體系的對立。本書重點關注文學當中的本土性，從地方特質融入文學的探究，從本土視角增進對外界（他者）認識與理解。本土性與現實主義的討論離開了國家文學思考侷限，回歸到書寫本土。以砂華文學為例，其本土性書寫在對砂拉越進行刻畫，這種刻畫的主題有原住民，山水，習俗等，透過不同主題而形成國家象徵的馬來西亞的縮影。宏觀而論，文學與世界的互動也絕非單向。從本土出發的文學亦可與世界互動，當吳岸的詩作從本土至走向世界時，旅臺砂華作家也將自己的婆羅洲書寫從域外回返砂拉越進行對話，增加了砂華文學場域的豐富性。「本土的現實主義」作為一種理論與空間的結合，在吳岸的作品中得到充分的展現。或許，期待未來有心者的研究當中，「本土的現實主義」能繼續邁向一種「本土世界觀」的產生，讓不同本土特色的文學寫作相互建構起更多層次、多元化的文學論述與互動。

後記

　　這本《本土的現實主義：詩人吳岸的文學理念》的很大部分是我在新加坡南洋理工大學的碩士論文。這也是我個人的第一本書。按理說，出書是一件需要非常謹慎和膽量的事，但這次出書的決定並非早有規劃，而是一次意外驚喜。因為周夢蝶詩獎的認同，讓我有了這個機會，將我的碩論加以修改，然後出版成書。

　　在以砂華詩人作為主要研究對象的時候，很多人對於我的選擇相當不解，常聽到不同的疑問。「你確定你知道砂拉越在哪裡嗎？」、「你一個新加坡人怎麼會想要做砂華作家啊」、「吳岸的詩歌足夠寫成碩論？」可以誠實地說，在寫說論之前，這些提問我並沒把握回答。然而，在寫到目前為止，我自己總算是對吳岸以及他身處地地方有更多的理解，至少，對我個人而言，我對砂華文學也更感興趣，也瞭解到當地仍有一批文人努力地以文字留下砂拉越的美麗事物。這層理解對我而言是個好事。

　　去到砂拉越是二〇一二年的事。當時與魏月萍老師帶領一群師生到了古晉與詩巫，短暫地體驗了當地的文化興生活。多虧了雁妮與田思先生的穿針引線，那一次的行程中也包括前往吳岸住家訪問的行程。見到吳岸先生時，他完全顛覆了我想像一位患病了的長者的形象，他見到我們聲音雄厚，也笑聲不斷，待人親切、真實。吳岸先生的訪問一共將

近兩個小時，他有問必答，整個訪問輕鬆愉快，他當時雖然也有七十幾歲，但訪問過程完全不顯疲態，提起詩歌時總精神奕奕。

關於這本書的序，我邀請的兩位老師在中文學界都是舉足輕重的人物，能夠讓他們幫忙寫序是非常榮幸的，他們的序文讓本書生色不少。勞煩兩位老師幫忙寫序的原因在於他們是促成此書的關鍵人物。第一位是李瑞騰老師。李老師在我獲得周夢蝶文學獎以前素未謀面。然而，這一次能獲得周夢蝶詩獎的殊榮，李老師的認可對我而言至關重要。李老師對東南亞文學有長期的關注與深入的見解，這在臺灣研究者當中並不多見。此外，老師對東南亞文學的熱情與研究的深度絕對也是身為後輩的我需要加以學習的楷模。第二篇序文則是我的碩士論文導師游俊豪教授。游老師在論文指導的過程中提供了很多的幫助，但是，他對我而言絕對不只是一位導師那麼簡單。第一次見到游老師已經是十年前的事了，這十年來，他對於我的學術學習，甚至是人生提供許多寶貴意見，也總在鼓勵著我，對這位老師，我很難以一段文字或謝詞來說足心中感謝。

這一路的學習上我也遇到了許多幫助過我的老師與朋友，許多正面的動力讓我繼續學習成為可能。學習的路途上我較為幸運，本科的指導老師魏月萍老師總能讓我了解到做學術應有的堅持與理念。在香港念書時，導師危令敦老師對我也耐心有加，更讓我認識到做研究應該有的謹慎與細膩。家人毫無疑問地是這段時間中提供最大且持久支持與援助的力量。筱雯在我這段顛簸的人生階段帶來了平靜與歡樂。

出版成書一事也逢博士論文最後截稿、口考、完成的過程，時間上相當緊湊。雖然深知碩論中仍有許多部分有待加強，但卻也在很多時候無法抽出更多時間做出細部改善。若說這本書有什麼特別的意義，我想，這本書記錄的是對於一位認真創作的詩人的故事，也是一位後輩研究者對前輩及其所處場域的再解析。冀望此書也能讓讀者開始對於砂拉越這塊土地、砂華文學、吳岸的詩歌等面向有所初步認識，也希望透過這本書讓更多的人對砂拉越的詩歌與詩人研究上更感興趣。

2017年12月寫於新加坡

吳岸先生與謝征達

魏月萍老師、吳岸先生、田思先生與謝征達

附錄：吳岸訪談記錄

訪談地點：砂拉越古晉，吳岸住處

參與訪談人物：吳岸先生，田思先生，藍波先生，衣若芬老
　　　　　　　　師，魏月萍老師，高虹老師，謝征達先生

日期：二〇一二年六月十八日（時間：晚上七時）

謝：我知道吳岸先生喜歡在空中寫詩，您曾經說過您喜歡在
高空坐在飛機的椅子上，在座位上，周圍都是陌生人，
在那個時候，您很有思緒。

吳：對，有一段時候是這樣。因為那個時候我工作很忙，做
　　了商會會長的秘書，平常要寫文章，要寫演講詞、信
　　件，開會飛來飛去。在地上的時候很忙，去到那邊的時
　　候也是很忙，唯有在天空。那時候，你的命運不知道怎
　　樣，因為在天上的時候，你不知道會發生什麼事，離地
　　球又很遠，周圍的人又不認識，那一刻來講，是有一些
　　靈感的。真的你們去體會一下，是真的，你會覺得人生
　　也是很古怪。

謝：我記得你只有出版過一本是《砂拉越史話》，那本好像
比較遲，比較遲才出版的。

吳：那時候為南洋大學寫的。一九六二年的時候寫的。你剛
　　才講到了這個現實主義的問題，有一個他的基本的概
　　念，現在很多人都不是很清楚。包括那些現代派的人，

他們在批判，或者是批評現實主義，其實他們不懂得現實主義是什麼。他們以為我們寫的就是好像這個太過平白，太過簡單，好像沒有什麼這個技巧，其實是不對的。我簡單地講出為什麼我們會走這條現實主義的道路。

你知道我們這個現實主義有兩個層面，一種叫做泛現實主義，泛現實主義的意思就是說，你從古代屈原以後，一直到杜甫，到很多人。他們的詩歌是反映現實的。在那個時候，他已經是有現實主義的那種性質在裡面。但是他跟後來的現實主義是有分別的，所以你看杜甫的詩歌是不是反映整個社會嗎？寫這個中國的農民，這些他們都是很現實的。

但是我們現在講到爭論上的現實主義。它應該是從整個世界歐洲發展過來的。因為最早的文學基本上我們叫做古典主義，應該好像在莎士比亞時代的時候，封建社會、君主社會的時候基本上是一個古典主義，古典主義的文學它是有它的規律的，比如說戲劇、詩歌，它是有很嚴格的這種規律的，但是封建社會到後來被推翻的時候就出現了浪漫主義，浪漫主義是拜倫啊這些，他們起來反對封建的時候，他們就很激情。但是，這個浪漫主義在封建主義倒臺的時候，這個資本主義開始興盛的時候，他就是出現很多浪漫主義的作家，但是資本主義社會發展到比較高度的時候，浪漫主義反而變成現實主義，那時候是迪肯斯、福羅貝爾、巴爾扎克那個時代，你要知道這個現實主義在當時，他們不單是反映這個社會，在歐洲當時現實主義在那個時候，尤其是俄國出

現的是最明顯的，他們最偉大的情操是什麼？是人道主義。

所以，這個現實主義發展到後來我們講就是，後來現在現實主義的基本是從那裡來的，就是要從像迪肯斯、巴爾扎克、福羅貝爾這些現實主義，他們反映整個社會，他們關注這種人文，他們是人道主義，你去看俄國來講，托爾斯泰也好，這個普希金也好，他們最偉大的情操是什麼，他們本身是地主階級，他們本身是貴族階級，但是他們的作品是很同情這個受壓迫的農奴，很偉大的。後來發展到，當然資本主義發展到非常高度的時候，尤其出現了科學分工很詳細的時候，就走出了一個自然主義。自然主義的話，他就是按照自然的一些東西來寫，他沒有從社會的觀點，他寫人的時候，他寫社會的時候，他不寫人的社會、政治、階級啊他不寫。他是從比如說他的這個遺傳學、罪犯學什麼什麼來寫，以左拉最明顯。

到後來我們現在的現實主義基本上就是這樣，現實主義到了我們這個時候來，五四以後發展的時候，我們的現實主義跟我們中國的華人社會結合起來的時候，他就有一派這個，尤其是以魯迅為主，主要的這種現實主義是不是。你知道現實主義，好像我們現在所在追隨的那種現實主義，我們是根據什麼來。現實主義第一是他一定要，他是反映現實的，但是他有一個規律，就是它是有要典型的，要有典型性。我們所遵循的是，第一是形象性，就是你必須是反映現實的形象。第二，你必須是有民族性。就是你要反映自己的民族性。第三來講你

要有典型性。典型性就是像魯迅所說的，那個反映社會的本質的那個形象。但是現在的人批判我們的時候，他們完全不知道這個東西就隨便亂講，尤其是這個黃錦樹，你知道黃錦樹批判這個方北方，他把方北方批到一文不值，但是黃錦樹本身不知道，不知道現實主義是什麼。然後，方北方我們比較嚴格來講，他也不是現實主義，他還是在自然主義的範疇內，還不到現實主義的高度。所以他們這些理論講來講去，講來講去其實都是很表面的。如果你去研究現實主義那個整個規律的話，你可以發現現實主義不但是注重內容，它還要注重它的形象性，它要注重它的思想性，它要注重它的藝術性，非常講究的。我們不是不講究藝術性的，是非常講究藝術性的。你剛剛看魯迅的書是不是現實。魯迅在早期的時候，第一本野草的時候，他已經是超前的了，他已經是現代派的了，比現代派還要更現代的了，他的藝術性是很高的。所以，我們講現實主義是很講究藝術性的東西。我也好，田思先生也好，我們在寫這些東西的時候，並不是這樣隨便亂寫的，我們都是關注社會，關注社會的本質，然後找出他的典型的形象來寫，我們很注重他的這個藝術性的。但是，為什麼我們這個在東馬，我們這個地方，我們很少人會提，會知道我們，我們小地方嘛第一，資訊也比較差嘛，是嗎？再來我們都比較低姿態，我們都不要，除非人家來找我們，我們才正視，是不是。我們不像西馬，或者像一些人一下子就說是宣傳得很好，我們比較沒有，是不是。但是我向來主張是這樣的，就是說，對人來講，低姿態好。作品呢，

高姿態。你的作品高姿態是對的，但是你在人際關係，在這個整個的這種文學界來講，低姿態是比較好。

謝：因為您剛剛就是提到，從古典主義一直到浪漫主義、到現實主義，然後自然主義這樣的一個線條。可是，因為我在閱讀很多人寫了關於您的評論，就是好像一位吳侯興教授，他曾經講過您的現實主義是一種「現實主義的深化」，然後另外一位學者陳鵬翔，他是說您的作品是一種現實主義的綜合性，您的現實主義是一種綜合性的現實主義。然後，還有一位就比較有趣，這位中國的吳思敬教授，他就比較有意識的就是根據您（剛才提的）的那個線條往上走，他說您是一位浪漫主義的詩人，只是說您的現實主義是體現在一種精神，而不是一種作品（呈現），所以是屬於浪漫主義的詩人，帶有一種現實主義的精神。

吳：他有跟我談過這個問題。他講其實我是在浪漫主義，是比較濃的一種東西。這個東西在我的看法是這樣。現實主義的深化是我在一次的研討會提出的，為什麼現實主義的深化？因為這個時代已經變了。你用舊的現實主義的那種手法來寫是不能夠了，所以現實主義一定要吸收全世界從古到現在的所有的好的東西都要吸收，現實主義的生命力就在於他可以找到現代派的，古典的，他好的技巧，他都要吸收。你才能夠表現現在。但是不只現在，現在因為社會已經變化了，你看單單那個田思先生很重視的這個環保問題。以前我們沒有這個環保的概念，我以前在一九六〇至七〇的時候，寫過達邦樹禮讚。那時候就是寫到一棵樹，那裡想有想到這個是環

保，所以環保文學把我歸到裡面去，說是我懂得環保，不懂的。以前的環保，可以是一條水溝的骯髒，可以是河流的污染，我們就很生氣。但是現在不是了，現在是海嘯，地震，整個很大很大的主題，所以你搞環保文學的話，你怎麼樣以以前的東西來表現現在呢？不能夠了。這是一個，因為現實的發展已經大大的超過了你的技巧了，所以這個問題，搞環保的人就要想到怎樣才能夠，是不是，是這樣的。很多年以前，大概在十多年以前的時候，我就想過這個問題。有一天，我聽到那個電臺，還是電視臺，黑白的，講說是印度有一個工廠，裡面的毒氣外洩，影響到一些人。我這個故事講了以後，隔壁有一個人，他說他呼吸很困難。他說他呼吸很困難，他受影響。我想這個國際化，這個全球化真厲害是不是。所以這種環保的意識，你要用新的手法去處理了。已經沒有辦法用舊的那些表面的東西了。所以，所謂他的深化，就是他在內容方面，他要包含更大的東西，他在手法上面，他要發明創新更多的東西。這是一個很大的問題。至於這個浪漫主義的問題，我的看法是這樣的，現實主義在歐洲的現實主義尤其是在恩格斯，馬克思恩格斯，講過這個東西。他所給的定論是說要如實地寫，照實地寫生活的東西。但是，小說方面比較可以是這樣，你寫詩歌是不能夠如實地把這個東西寫下來。因為詩歌所要注重的是什麼，詩歌的本質是抒情，沒有抒情就沒有詩歌。詩歌本身他語言就很精煉的，所以詩歌不能夠照實寫些東西，寫下來在是不能夠的。他必須是通過感情的抒發來寫，這個時候需要的是什麼，

要浪漫了。你沒有浪漫不能夠的。但是，所謂浪漫來講，他還是在現實的基礎上，來發揮他的浪漫的手法。

謝：有另外一個學者，他是說，就是孟沙先生，他曾經有提過，您是受到一個中國那裡的五四的一種詩風的影響。所以在創作的時候，就是會循著現實主義的一種創作，然後卻又帶有一種浪漫主義的創作路線。所以你認為是主要是因為受到中國那邊的五四作家的一種激勵嗎？他們的創作模式……

吳：當然，批評家當然是從他們的視角來看，好像我們本身來講，到底受誰的影響也是講不出來了，從小到大我們看很多東西。已經是變化很大，講不出是誰啦。比如說，你說這個中國五四，五四我們看過一些，但是我覺得五四還有很多作品我是沒有去看的。倒是歐洲的，尤其是浪漫主義的像這個拜倫啊，雪萊啊，普希金這些，那代的我看最多，那個影響是比較大，那個浪漫主義是比較浪漫一點，中國的浪漫主義怎樣都不會太浪漫的。到後來我們看的很多東西已經雜了，也不知道你說像誰自己也講不出來是嗎？這樣是比較好，就是你自己需要有自己的那種吸收以後，有自己的風格。所以，我在七〇年代的時候，在西馬最早碰到歐先生，就是韋暈老先生的時候。他就告訴我。「吳岸，你已經有自己的風格了。你的詩，不要放你的名字，我一看就知道是誰的了。」所以，我就覺得這個也是比較好的是不是。其實我早期的時候，詩歌還是模仿的。好像第一本，《盾上的詩篇》，裡面你可以看到，看到雨果的……這些影響裡面都是有，何其芳的，研究出來也是看得出的，是不

是。最初的時候都有這樣的那個影子在裡面。你剛才講到還有一個什麼，現實主義的什麼東西？

謝：**孟沙先生就是認為您是受到五四作家詩風的影響。**

吳：有的，我們有時候是。多多少少。

田：**吳岸先生是比較喜歡艾青。**

吳：艾青，但是你看我的一首詩，何其芳的現代格律詩那個影響我很大。我還研究過他當時，因為中國古代的五言、七言都是七個字跟五個字的。七個字的是四拍，一定是四拍的。「潯陽江頭夜送客，楓葉荻花秋瑟瑟」，他一定是四的。但是，五個字的來講，比如說，這個什麼「明月光」，六字三拍的是嗎？何其芳，他就提出這個規律以後，他就說現代我們的詞彙的單位已經不是一個字，以前是車就是車，現在有汽車、有火車、有飛機什麼。你不能一個字，一個字講不出來，所以他這個詞彙的增加變成是要兩個字，如果你要把它弄成四拍，或者三拍的話，基本上不要超過四十個字。所以，我就按照他的方法來，「碼頭的汽笛正在什麼響」，你可以放到四十個字，但是念起來的話，一定要四拍。這個是現代格律的主要，當時也試驗過這樣的做法，但現在沒有人這樣做了，現在已經比較花樣了。

謝：**是不是這個原因，所以有學者就說《盾上的詩篇》裡面感覺上比較豪放，可是到了《達邦樹禮讚》卻顯得比較平和了，就是在二十年之間。第一本詩集跟第二本詩集，它的筆鋒有點不一樣。**

吳：那當然，那個時候沒有呼吸，後來就有呼吸了。因為中間間隔了十年在監牢。在監牢做過，所以多多少少會影

響到自己的心情，其實我在一九六二年的時候。第一本詩集以後，我還有另外一本詩集。寫給我的祖國，這本詩集當時這裡就是緊急狀態了，我把這本詩集通過香港的這個中國新聞社，寄到北京去。那時候，亞非作家大會在那裡召開，我寄到亞非作家去，給臧克家收。他有收到，也有回信說已經收到這本詩集。我當時用的名字是周遊。周遊列國的周遊，不用吳岸。那裡面有三十多首詩。……那個可能還是比較奔放一點的。後來，我被抓，我被逮捕的時候，我的書給政治部收去了，我沒有存底了，給英國的政治部收去，沒有存底了。到了八幾年的時候，我第一次到北京的時候，我去訪問臧克家，我跟他講說我以前有一本書給你，他說他不是忘記，他講文革的時候，抄家都抄了，這些東西也是抄家的時候已經沒有了。所以就算了。所以其實我還有一本詩集，是這樣。所以隔了中間到出了以後，我才寫《達邦樹禮讚》這本。

謝：**您之前提到您在集中營的生活，有位學者他在讀您的《人行道》，裡面他就做出這樣的解讀，他認為說，你形容的那個人行道是指在營中，就是讓人們步行的人行道。也就是在營裡面有個人行道，是讓你們早上走一圈，晚上走一圈。類似放風。是真的有這件事情？**

吳：因為它是這樣，這個集中營裡面，它是一間一間的牢房，然後周圍全部都是鐵絲網，很高很高的鐵絲網，跟那個鐵板牆。旁邊就有很高的那種樓臺，上面探照燈，那個兵就在上面拿著槍，上面還有燈可以照射下來，看著你不會偷走這樣。但是，就在屋子的外面，在

這個鐵絲網的這個旁邊這邊，就有一條跑道。這個是給我們早晨出來的時候，做一點運動。晚上的時候，是監牢，沒有地方好去了嘛，就這個地方跑而已。就是這樣轉來轉去轉了十年。只是這樣。當然我寫這個東西的時候，是一個簡單的生活的回憶，那個讀者是怎麼樣，去解析，那是他們自己的那種。比如最初的時候，香港的那個叫做什麼，他也不知道我是在監牢出來，他都不知道（田：古劍），他在香港讀了這首詩的時候，也不知道，他講他忽然間覺得很感動，香港人也是這樣，香港人住在城市裡面，生命就是在裡面這樣轉來轉去，所以他感受是這樣。因為這首詩，詮釋起來的時候，各種不同的詮釋都有。我們寫實的人都會知道，詩的內涵。它的內涵跟它的外延性越多就越好，你怎樣解析都好，越多樣的解析，他就是詩歌的永恆性和藝術性就是在這裡。比如說，我有一首詩寫我去詩巫的時候寫的那個鵝江浪。很多人都覺得我太過誇張，其實我當時在河邊的時候，我在船裡面看，看到那個上面，你可以看到整條船那樣轉的時候，那個小船也是上下的。那個靈感使我寫了這個鵝江浪。當然，我對那個馬來人、土著來講，加了一點對他們的那種讚賞跟欽佩，他們的勞動。這首詩，就是這樣簡單。從美學上來看，我總覺得這個一種美，有生活的內容。很簡單，也沒有想多少。後來有一天，我在吉隆坡，烏士曼·阿旺在的時候，他帶我到女人街去，用馬來文朗誦起來，聽的很多是這個馬來的官員，朗誦以後，他們每個人都笑，都笑得很厲害，我就問烏士曼·阿旺，我說為什麼他們這樣笑。他說，你不

知道。我們馬來人在過去的話，政治、經濟、文化都很低落的。但通過獨立以後，我們奮鬥以後，你的詩寫的正是我們的心情。這個就是我們想不到的事情，始料不及的東西。當然，更多的始料不及的話，你的詩歌的外延性就更多，就好。有人歪曲去解析這種是怎樣，歪曲也是好，反正他有他們自己的看法，不同的角度都是可以的，是這樣。所以這個叫做什麼？叫浪漫主義。浪漫主義是什麼呢？你講這個是一朵花，其實它不是講花，它是講人。它不是原型，它已經變了。你明白嗎。這個叫做浪漫主義。現實主義說，生活應該是這樣的，生活是這樣的，是這樣的。浪漫主義說生活不是這樣的，但是它應該還有一種更美的那樣的。這個叫做浪漫主義。所以，梁山伯祝英臺它前面都是現實主義的，後來死了以後就變浪漫主義，浪漫主義就當做一種理想的理念。魯迅說，魯迅的小說常常講，後面總要給一點亮光，那個就是浪漫主義了。他會放在，樹頂上一隻烏鴉，還會叫幾聲。那個給人家一點希望，那個都是浪漫主義。

謝：**我比較感興趣，好像您剛才提到，就是在閱讀您的作品的時候，不必看您的名字就知道是您的作品。所以我在想說，您的作品其實是一種現實跟本土的一種糅合，一種結合。可是，有一次，您在詩集裡面卻提到說，現實就是一種本土，本土即現實，沒有本土就不是現實。這段話我比較不太清楚，為什麼您認為本土就是一定是一種現實的反映。**

吳：它這個東西是這樣解釋的。人的概念是很奇怪的，比如說我們現我們是住在南洋對不對？那就不對啊，是中國

人看我們是南洋，我們哪裡是南洋嘞。是不是？我們講南洋是中國人看，在中國人從中原看我們是在南洋。在我們講我們是在南洋，其實照理上講是，不是本位的那個視角來看。比如說，這個田思先生跟那個藍波，他們提倡寫本土的，這個書寫婆羅洲。這個基本上就是本土的東西。它的最大的難題，也是最基本的觀念是什麼。你不能用獵奇的觀點看待這個。你要用達雅人，你本身就是達雅人，本身就是這裡的人，我們不能夠好像當做外國人來旅遊，看到我們這邊某些奇怪的風俗來寫，這個就不對了，這個不是本土化。這個是獵奇的。這個觀點是很是重要的。現在有一部分人寫的ok，寫的很好，有一部分還是按照一種，一種獵奇，覺得他們很奇怪我來寫他們。這個你沒有融入裡面嘛，你應該把自己的民族，作為本地的人，跟這個馬來，跟達雅民族的感受，要放進，一樣的東西。

謝：**雖然您很重視本土，可是很明顯你也不會忽略掉祖國中國，因為您在不同的詩集裡面有「北行一集」、「北行二集」和「北行三集」。**

吳：但是這個東西你要明白，我們到外國去旅行的時候寫這些東西。一定不要有一種旅遊業的觀點。你明白嗎？不是旅遊詩。是用你自己在這邊的人去看那邊的東西來寫，有所讚揚，有所批評，有所文化有所尋根也好，有所希望也好，還是用本土的。（謝：**還是用本土的觀點來看祖國？**）對。是這樣。所以老一輩的人可能就不是這樣，我們這邊的要爭取到這樣。比如我們有一個老先生。這個（沈寶耀？）先生，他昨天就寫了一首詩，他

寫了一首詩是講到神九上天的歡呼，他第一句話就講中
國好像幾百年被壓迫一樣，這個人是中國來的，他的
視角還是中原的，中原的視角。就我們來寫的話，我們
何必把中國以前的悲情，全部放到我們這邊來嘞。是不
必要的嘛，是不是。那個是中國人自己產生這種悲情的
話。我們應該是從一個新的視角，從我們的角度，來看
到北方的發展是怎樣。才是本土化。這些枝枝節節小小
的東西，都可以看出這個人本身的那種處境是怎樣的。

謝：就像剛才田思先生也有提到，您受到中國作家艾青，你
很喜歡艾青這位中國作家。艾青的詩。然後我在思考的
是，除了艾青的詩之外，你還有沒有對哪一個其他的中
國當代作家比較感興趣的。還是，為什麼你會特別喜歡
艾青的作品。

吳：我告訴你我為什麼喜歡艾青。因為當那個時候，是一九
五三年。一九五三年的時候，我上我們這個中華中學，
那時候就有一個中華中學。我念初一的時候。那個時
候，從中國，我們偷寄來的中國的左派的那個書籍很
多，其中就有艾青的詩。然後，一九五三年的大概是，
一九五二年我們罷課，一九五三年大概是三月、四月
的時候，我被逮捕。因為看這些書，看這些中國書。我
被逮捕，在監牢裡面住兩個晚上。那個時候，艾青的
詩，也有很多那個感情，所以當時看了以後很激動的。
後來，還有一次，我又跟幾個同學到石龍門，那個時候
我們到石龍門去，第一次到石龍門去的時候，聽了很多
的故事。那時候石龍門那個洞裡面它有很多骨頭，我還
拿一些骨頭回來，頭蓋骨跟肋骨我都拿回來。後來要搬

家的時候，那個骨給人家丟掉去。很可惜。我一直保留的。他們說不可以，我說無所謂，我放在我的衣櫥裡面，沒有班當（pandang）。那個時候，有一個詩人影響很大，希克梅特，土耳其的。希克梅特的詩很像火一樣。我那個時候看希克梅特影響很厲害。其實中國像艾青那樣的詩歌，那樣的從法國回來的那種比較有散文美的那種詩歌，中國很少有這樣。你去臧克家的，其實臧克家的詩歌，我都不大，很硬的詩，什麼那個牛什麼，我看了都沒有什麼感受。我覺得那個藝術性不高。我不會覺得很好，打一下就怎樣怎樣，還是郭沫若的當時，比較有激情一點。那個時代過了以後，我們看的東西很雜了，什麼都看了。

謝：**有沒有關注到臺灣的現代詩？因為就是剛才有提到的古劍先生。他就說您從臺灣的現代詩裡面吸收到很多的長處跟技巧，可是他卻沒有表明說您欣賞那一些臺灣現代詩的詩人。**

吳：臺灣的現代詩來講，我告訴你。從內容來講，我們不是很投入的。因為臺灣的這個詩人，跟我們這裡的生活經歷來講，差得很遠。但是臺灣的詩歌在技巧方面，我們取的比較多。你要說哪些人的技巧呢，就比較難講一點。像余光中的詩歌來講，余光中的詩歌寫的是很精緻的，很優美的。他的詩的好處是他的形象化，他的那種藝術性寫的很好。他寫的是天機不可洩露，但是他最後兩句一定洩露的。他一定洩露給你知道他在講什麼。所以你看了以後，你覺得他會是一種感受，原來是這樣處理的。他寫苦瓜也好，他寫什麼東西，歷史事件也好，

他總是把其中的東西，很集中的焦點也是寫的很好，後來才透露一些什麼東西這樣。你看洛夫，洛夫的手段也是好。洛夫的話，他就太過現代，他是太過於一種叫做存在主義。存在主義的特點就是你知道我是什麼人。因為在資本主義國家，像臺灣那樣，你是天才。你雖然是天才但你是nobody，沒有人知道你的。除非某個什麼機緣，才懂得你的。像這個Michael Jackson，如果他不是因為唱歌，他也是nobody，沒有人知道。但是他發掘的時候，他就變得很高去。那個社會是這樣的。所以，在資本主義國家裡面，很多天才，都因為沒有機會可以發表自己的那種天才，所以處於一種孤絕、寂寞、單獨，他們有黑暗的意識，有死亡的意識，這些都有。還有性的意識。他們很強的。你去看這個洛夫的石屋之死（石室之死亡）的話。你就感受它裡面寫的其實都是陰陰暗暗的，很多東西。甚至有一個，我一直在研究，我的手拿著一朵花，我一搖的話，花就噴出很多的東西。你知道寫什麼嗎？他寫男人的手淫嘛。你明白嗎？因為手淫，男人這東西，它也是顯示了我給你看，我實際上也是一個偉大的人物。我這個力量也是蠻堅強的這樣。像這種現代派裡面的存在主義帶有很多很晦澀的東西，你要去想。但是在現實主義的觀點來講。我們覺得這個不值得寫啦，也沒有什麼太大的，因為這種個人情緒的那種發洩跟爆發來講，他通過很多的管道。但現實主義比較注重社會，比較不在注意個人的這種感情的發洩，但是我們就看到這個像洛夫來講，他的手法也是蠻好的。他也是在，什麼東西他都能夠把它做作詩，不簡單

那個。我有一次在廈門前面那個島（鼓浪島）……他送我書，我就送書給洛夫。洛夫我注意他怎麼樣看我，他是大師我是小人物。他就拿著我的詩集。去旁邊，翻翻翻，看看，看了好久一段時間後，他回來，他說你的詩跟我的很相像。其實哪裡會像。他是比較注重這些（含蓄）的，含蓄是很重要的。所以，臺灣有很多詩人，大體上都有他們的特點。我們這邊拿一點、那邊拿一點。學習他們，都是很好是不是？應該是這樣。但是一個特定影響我們很大就比較少啦。比較少，因為總體來講，比如余光中，他哪一首叫做什麼？（田：鄉愁）我們看來很簡單，但是因為他是大陸兩岸的這種政治形式，把它推到很高這樣。是。是這樣的。但是，如果他沒有從大陸到臺灣的那段歷史的話。他也不會想到這些東西。裡面也是包含著許多很心酸的東西。離開以後，跟祖先，跟母親等等的那種，這種經歷也是，也是現實主義的。

謝：因為說到臺灣，現在也有在臺灣，很多年輕的作家，他們都是留臺作家，就是曾經是砂拉越人然後後來去到臺灣念書。然後就是，例如比較著名的作家好像李永平和張貴興等。他們也是寫了很多關於婆羅洲雨林的一些故事。然後你怎麼看待他們的作品。

吳：他們在早期，寫這個婆羅洲，有他們的這個相當的，主觀方面以及技巧方面都有相當的成就。但是，他們當時還不像我們，為這裡的政治鬥爭來處理。他基本上到外國是讀書的時候，他還帶著獵奇的那種，基本上還是帶著獵奇的那種眼光來看這些本土的東西。所以他的東西

在外國人看起來就是很好。中國有一些作家，把中國的一些落後的東西寫了以後，外國人評價很高……就是這樣，因為外國也是以一種獵奇的觀點是嗎？但他們跟現在我們講的馬華文學來講，他還有一個時代的不同，還不是完全是寫這個方修先生講的那種現實主義東西，他還有一段的距離的。然後，現在臺灣留學生，本地到臺灣留學回來的時候，他們在寫詩。我不知道田思先生怎樣，有些我看不懂。不懂的原因是這樣，我告訴你。他們有他們的優點。他們受過正統的教育，他們有受過專業的訓練，他們是學院派的，他們懂得這個歷史，懂得這個理論。……他們是懂得。所以他們搞文學的時候，他們很多從理性的觀點出發、來寫。我們這些來講，本身是從生活裡面來的。從生活裡面來，我們生活比較多。所以，出道的時候，就從生活的鬥爭裡面出來。後來我們通過自己補習，好像來講，我在六一、六二年的時候，我是念廈門大學的函授部的，文學。念，沒念完的時候就被逮捕了，就沒有念完，是這樣。但是，那個時候本身在這裡自己自修，因為我自己自修的是（拜倫？）的文學概論，這本文學概論本身是大學的文學的課本。所以我自己當時，這本書我都修過了。所以我自己想辦法補救，因為假定我們是從生活裡面來的話，我們缺少了這個正規的教育的話，你比較，怎麼講，有很大的缺點是嗎。我們這些老作家，比如方北方來講，我們看他寫小說寫得很好，但是他談理論的時候，他談不來。他很多概念都很，好像很多文學的基本的概念都用錯了。他們本身沒有經過這個訓練。但是，我們設法補

救我們在理論上的不足。我們要重視我們現實的生活。
現在的這個留學生來講，他們缺點是，他們外國的是理
論多，但是他們現實的生活的這種題材比較少，所以他
們寫出來的東西很多都是比較難看（懂）對嗎？有時候
要看很久。很費神的，就覺得。有時候我們好像覺得自
己這麼厲害，這麼聰明看不懂，好像自尊心也很受打擊
這樣。其實沒有關係，因為現在是多元了，也不能講他
們不好。有的人喜歡他嘛，是嗎？我們走我們這個路，
是走我們這個路，就可以了，是這樣的。

謝：因為像你們都是很關注在砂拉越的一個發展，就是你們
　　比較注重本土性的創作。然後我在想說，依你個人而
　　言，有沒有發現到哪一些國家的作家，還是哪一些比較
　　突出的其他國家的作家也是很關注本土性，而你本身也
　　很欣賞他們的本土性作品。

吳：有啊。比如現在拉丁美洲很多都很好。臺灣也有本土的
　　作家。好像那個吳晟，好像那幾個都是很本土的，我也
　　很喜歡他們的東西。就是那個，他有寫書給我，有幾個
　　很本土的。最近臺灣出版了整一百本的那個臺灣的詩
　　集，這個臺灣文學，裡面你去看，本土的也是很多。本
　　土的從當時反對國民黨一直到現在阿扁他們時代，很多
　　都是反映現實的東西。

衣：你剛提到那本《給我的祖國》，那個是您在集中營，在
　　監獄裡頭寫的嗎？就是找不到的那本作品，是在什麼時
　　候寫的。

吳：還沒被捕之前寫的。當時報館被封了以後，很多人都走
　　掉去了。我沒有走，就是走（半地下這樣？），那時候

寫當時，社會變動也很大。那個時候很大的事情，我寫了一首詩很記得。就是***的那個太空人第一次上天空的時候，四五個*，我還寫過那個，你今年幾歲，那個我寫的很長，也忘記了。裡面有包括一兩首是我被逮捕的時候，的那種在（lockout？）裡面的情形。那個時候被逮捕，被扣留，還沒有。後來，其實我被逮捕的時候，我不滿十八歲，十五六歲。所以拿來拷問拷問以後就放出去了。

衣：**後來在牢裡那十年，您的創作還繼續嗎？**

吳：牢內的時候，我的詩歌寫的比較少。牢內的時候，我進去的時候，因為當時，牢友很多都是農民，普通人。他們生活經年累月他們也是很苦悶。所以我進去的時候，就搞一些文藝活動。差不多我寫了三個劇本，在那邊他們演出，三個劇本都沒有帶出來。然後，我做了很多歌曲，詞和曲都有。把那個毛澤東的語錄來做曲的也有。這個東西都沒有帶出來。吳：劇本也是根據我們裡面生活的內容。怎樣堅持鬥爭……是這樣的。有的人想要動搖，要放棄，我們怎麼鼓勵他，叫他不要放棄，都是寫這些政治比較重一點。

謝：**一個小問題，您除了住在這裡之外，之前有沒有住過什麼地方？**

吳：沒有啊。（謝：一直以來都住在這裡）一直啊，是啊。潮州人講這是「八雨近湊水」？以前我們玩的叫hou lou wong，圓圓的，圓圓的。12345678是一個里，什麼色子，多少點，點點點點點，點到第八，每次都是第八的。

　　這個周偉民，他給我幾個勸告。一個勸告它是說，

現在很多人，西馬也好，外國來講，他講你們馬華文學沒有經典。他講這個問題你們怎麼樣考慮。其實我也沒有考慮這個。這個周偉民他就說，不對，經典是你要你們自己立的，你們認為哪一些是，你們就認為這是經典。的確，那個時候就是黃錦樹講經典缺乏，討論漫天。這個我們聽起來覺得好像也是，總覺得很受不了的樣子。其實，是不是經典我們自己可以，是不是。所謂經典就是經得起以後歷史的那種，那種衝擊，留下的這些經典。現在很多流行歌曲也是經典，周璇也好、蔡琴也好，全部都是經典。

魏：像這個莊華興他最近一兩年，其實他就是處理這個左翼的文學。所以他這一兩年就寫了很多這個金枝芒。當然，這個就是剛好最近5月在臺北開會，其實那個會議也有一組是談馬華文學，也是重新再談這個，怎麼樣從這個文學史裡頭要去立下這個經典的一個標準。當然，對於錦樹來說，他也覺得說，要立這個經典的標準是要比較謹慎，他當然可能對這個金枝芒的這個**能不能成為一個經典小說，他可能有他的一些想法。我不知道吳岸先生有沒有注意到說，左翼文學的這一些當中……

吳：左翼的文學，現在我們好像缺乏人去整理，比較缺乏一點。（田：濱城的那位謝詩堅寫了一部左翼文學史），但謝詩堅寫的也不，他裡面寫一個，比如說提到我來講，有一段就講說，我在195……年輕的時候寫《第一次飛》那個，我寫到說，飛吧飛吧飛到什麼遠方去，他說那個吳岸當時好像要號召人家去打游擊這樣，去參加武裝鬥爭，打游擊。那個時候怎麼會有嘞？這個差得

遠了。太過分了欸。這種很多庸俗的社會學、政治學套在裡面的話，因為他本身不是過來人，他這種猜測來講是不準確的。最近，他不是控告這個《燼火》，其實你要去看裡面啊，要控告他的東西多，他寫很多人，也罵很多人，但是沒有人要去這樣做，我們覺得作為一個學者，他沒有什麼風度。他沒有風度，在這個文化、文學上來講，這個自我表述的東西都很多，你要講怎樣，像臺灣來講，你要罵什麼，也是這樣的是不是？哪裡講到一點就來控告？這個不對的。這個太過分了。有一點霸道的樣子。

衣：您之前好像不是一直用吳岸這個筆名對嗎？可是後來為什麼選定這個。

吳：因為我最初寫第一首詩的時候我用葉藜。後來，我又受到這個惠特曼的影響，我看了《草葉集》以後，我用了葉草。後來就變了很多，但是後來，因為我生病，我到新加坡去醫病，割了腎臟以後，那個時候，我的姨母跟我母親，姓吳的。她不久後也過世了。所以我決定用吳。至於為什麼用岸，也是想不起，就覺得比較喜歡，你看我們這邊的人，比較都是跟自然界比較有關係的，岸就好像比較偉岸一點的，是不是？是這樣。他們說是不是回到無岸，我也決定沒有這樣的意思，用慣了。但是我蠻喜歡這樣的一個比較不太顯眼，又不太過，比較平實一點的名字。我們很多朋友也，有的海啊，有的山啊，有的岸啊，都是這一類的東西，跟南洋的東西有點關係。所以，那個陳月桂，在評我的詩歌的時候呢，看著我裡面寫河貝的多少。（衣：她想說可能是對於河海

的意象特別感興趣）。陳蝶也寫過一篇文章，她專門研究我裡面水的、河的有多少，寫了一篇。有的專門研究說，這個水的跟我的眼淚的關係。所以，現代的那種批評都有很多的新的視角。

謝：**您提到批評我就想到之前有一個學者，他就批評你說，你的現實主義的一個觀點，是一種幫助現實主義繼續拓展，無限的一種拓展。對於這樣的說法，你有沒有什麼觀點。**

吳：也許他有他的看法，因為我個人有一個很堅強的信念，就是詩歌形式是沒有固定的。現實主義裡面有一個規則。內容決定形式。內容決定形式。你什麼內容就用什麼形式。所以，要看我的詩歌裡面的形式是什麼樣，這樣更找不到。有的長有的短，有的要怎麼樣，可以變的，這根據你當時的內容是怎樣來表達，去找他的形式。（**謝：內容決定形式和方修所提到的內容大于思想是不是有一定的關聯**）是，也是，是一個這樣的東西。內容決定形式是現實主義裡面的，而現代派來講，他們因為走到形式主義的話，他們很多形式都被僵死在那個地方，而不能夠太大的變化。當然古典的詩歌，是因為他們有他的格式，基本上有一個形式的。但是我們現在來講，一定要內容的。你這個故事要用散文還是要用小說、還是要用詩歌寫，全部在（這裡）。如果是有詩的內容你去寫成散文的話，也失敗了。這個很重要。所以你的變化就無窮。

衣：**您的創作一直都是詩為主，然後散文，小說的部分您似乎……**

吳：小說。年輕的時候開始寫小說，我小說最多寫5篇而已。早期的時候，是在新加坡的那個發表過幾篇。對田思說：對。你有拿給我。裡面有兩三篇小說。有一篇在新加坡寫的。我在新加坡住了一年，那時候。後來就沒有，因為後來時間的關係，詩歌比較容易一點。大概因為我很喜歡音樂，很喜歡這個圖畫，都有關係的。因為小時候你要花很多時間，很長來寫。我以前要寫一個長篇敘述詩。最初的時候寫到五章，就是《告別森林》。那個時候我就是看了誰的詩歌受影響很厲害，看了這個《海華沙之歌》，他的作者是美國的……（據查詢：朗費羅）。他的那個詩集看了很感動，他寫南北戰爭（田：印第安人的）。南北戰爭的時候，一個男一個女，青年兩個戀愛。後來，兩邊打仗了以後就分離了，到他們相見的時候，他們兩個人頭髮都白白了，那個故事寫得很動人。他的作者也是我很佩服的。後來我就寫這個《告別森林》，《告別森林》裡面也是蒐集了很多的（達雅人？）的資料。寫到五章以後，報紙上大概刊登過四章，後來就被封了，我就沒有繼續寫下去了。現在剩下的大概有兩章，還在。我到廈門大學去，去找的時候，他說他們有，我去翻那個舊報，就翻到那邊的時候就沒有了，就翻不到了。因為我在廈門大學當時念過函授，後來就沒有念了。文章、功課也沒有做完，不過他們還有留我的筆在那邊。我很吃驚的就是在前幾年，廈門大學慶祝多少年，一百年或什麼的時候。他有發一個文告，文告裡面寫著我們的成績怎樣怎樣，在海外的成績怎樣怎樣，出現了許多這個，有馬來西亞的吳岸，

他有放我的名字，我就覺得很古怪。後來我前兩年去廈門大學的時候，他們說你還是校友。這個有一點偷工減料。

謝：那麼「北行集「呢？有沒有考慮出一本，就是您寫關於中國的。第一集、第二集、第三集把他們合成一本。之前您好像有提過要出版，可是後來卻⋯⋯有沒有考慮合成一集再加入其他一些新的作品。

吳：我們寫中國的很奇怪。我們第一次去中國的時候，這個靈感很多。去多次以後就不大會寫這樣。去多次就不大會寫了，認為好像江郎才盡的樣子。再看啦，以前我會想，因為北行一集、二集、三集合起來也有三、四十多首吧，是夠一本的。

魏：那吳岸先生有沒有考慮要寫回憶錄。其實這個蠻重要，其實是整個文學的寫作的經驗這樣子，還有包括你自己生命的一個經驗，包括在不同的生命時期，您自己的轉變，還有你對創作的思想。我覺得這個很值得，特別是可能可以留下來，或者以後這個有興趣的創作家，他們可以閱讀。

吳：這個材料是有收集，不過還沒有去處理。因為我最近寫這個《美哉古晉》也是有一個過程的。《美哉古晉》主要是說我。你知道中國有一個叫做馮驥才嗎？中國民俗協會的主席，他在中國的這個文化傳統觀是最這個。我見過他。在新加坡我見過他。那個第二次的文學會議。我這次去，找他找他不到，他中國的這些民間的這些東西，他一直收集。他的文章很多，他講每一分鐘，許多傳統的都在消失很多東西。我們的文化在每一分鐘都在

消失，老一輩的人在死，都在死。所以，這個東西是我覺得，我在古晉出生，我的祖父是在清朝的時候到，死在這邊。但是這個第三代了我們這個東西，一直在變，一條街兩天就鏟掉，整個屋子就不見去。是覺得也是有一種責任感，覺得我們要做一些工作。這是第一件事情。第二件事情呢，就是美國的（福克特）福克納，那個福克納的問題。福克納我以前也是看過他的電影，一兩本書，所以拿到諾貝爾，但是美國人很看不起他的。他其實是了不起，他住在美國的一個小小的地方，他說我的家鄉在美國的地圖上小過一個郵票，他就根據這個自己的家鄉的人和事物寫了三十多篇長篇小說，一百多篇短片小說，全是用這個地方的人去寫的。拍成電影很多。那個很震撼，很震撼。我們這邊的人就是這樣，在本地寫不出，到外地就寫得很多。他們去旅遊的時候就寫，本地的人視若無睹這樣。其實不對，其實你從自己的家族，你自己的民族來再去看他的歷史，很多東西可以寫的。一條街也可以寫很多東西的，是不是。所以我因為這個緣故，所以我就開始用這個寫。寫的時候，也是寫到沒有寫完就算了。寫的時候我後面很多注釋。我的注釋寫得很多。這條街是怎樣怎樣的。後來出版的時候，心想不對，詩歌是含蓄的嘛。哪裡可以注釋這樣多，要帶有含蓄美的是不是？所以就把那個刪掉刪掉，只剩下那個註解的少一點。這本書我就寄給陳大為。陳大為寫了兩封信來。第一封信就說他在讀書，他覺得在馬華文學還沒有人用這樣的來對自己的這個華族的歷史來寫，沒有。第二點他講，我覺得你應該另外寫，把所

有的註解全部延長成一篇散文集。他是注重散文和歷史的人。他說裡面的註解比較重要。我回信給他，我說看有生之年做得到的話，現在年紀老了，很多事情都力不從心。要寫，這個東西，等於我們就是說搶救，要搶救。我們每天看報紙，很多老人都過世。那個你去訪問的話，很多故事的，很可惜。後來我用了這個觀點，寫了一篇文章，叫做<月是故鄉明>。<月是故鄉明>也是馮驥才他們提出的對自己的家鄉的人文歷史的注意的問題。我在東南亞的這個詩人的地方，我提出新加坡東南亞各國的詩人、作者應該要注意這樣。尤其是新加坡，新加坡的故事很多，應該去寫，你們應該去寫。菲律賓有一個作者，他說我在菲律賓住了那麼久，兩三代，我都沒有寫到，只有寫一兩篇這個叫做什麼、鄉愁的東西而已。他們談鄉愁還是想中國。菲律賓人很奇怪，他們沒有本土的那個，他們還是很鄉愁，一直想到中國的。所以他講他應該要在，要設法改變這樣的觀點。

你們就可以寫新加坡的。真的，新加坡人。我覺得，怎麼講。我們的起家都是新加坡來到你知道嗎？都是你們給的。（田：這幾天我一直在講這個問題，我們對西馬反而比較隔膜，新加坡早年真的影響我們很大。）對。因為我們最初就是在新加坡的南洋商報。在那邊起家的嘛。對新加坡都很有感情，但是，新加坡來講，現在來講，就好像比較，文學方面比較單薄一點。因為新加坡人的生活比較單調一點，好像寫不出很大的主題，會不會？我也不知道你們的感覺怎樣？感到很受局限。有一次我跟新加坡的作家談，他們說未來的文學

路向他們覺得是微型小說才是重要的。我就不贊同。微
型小說在這個社會裡面，很忙碌的社會裡面也許它是一
個合理的那個，但是你從整個世界的文壇來講，諾貝爾
獎的小說全部是長篇小說的，寫的都是很大的歷史性的
東西。那個是不可以的。大炮有大炮的作用，手槍有手
槍的作用。你不能講手槍而已，大炮就不要，是嗎？後
來他們說沒有什麼故事可以寫，我說你們就學習那些歐
洲的作家，你們到東歐去，你們到中亞去，你們到以色
列去，你們到阿富汗去，去那邊去寫。因為新加坡作為
一個文化的那種出發點的中心來講。人才不能總是去中
國西湖就寫西湖的景色……寫的這些都是旅遊局的散
文。沒有力量。他們應該去看戰爭，去看阿拉伯這些去
寫。冒著危險去寫，外國人就是這樣。外國人我很佩
服。他一個作家、一個記者而已，他們就直接去，帶著
一個書包就去瞭然後寫回來就寫得很厲害，有一點探險
精神。最近有幾個外國人來這邊，我看他們也是來寫作
的，他看到我就抓我來照相一下，問了很多東西。外國
人很瀟灑的，我很佩服他們。我們華人比較差。外國人
來這邊看風景，他們拍就是這樣拍回去。中國人就是我
要站在這邊你就拍我背後的景色，總是把自己放做主
體。這個沒有，你去看我們這些神廟東西，外國人來的
時候，他們拍拍拍，人沒有在裡面的。中國人是「在此
一遊」。這種心態是比較狹窄一點的，講起來我個人也
是這樣「在此一遊」的。我們去中國也是拍，也是「在
此一遊」的。

衣：這次我是第一次來古晉，之前因為讀了您的書。然後看

到是杏影先生封您為拉讓江畔的詩人。我就一直以為那個砂拉越河就是拉讓江。後來才曉得這其實是兩條河。為什麼不說您是砂拉越河旁的詩人呢？

吳：原因我告訴你，這是一個歷史的美麗的錯誤。因為我在最初寫這個《盾上的詩篇》的時候，那個時候我當然去了拉讓江跑了一些，回來也寫了拉讓江的東西。拉讓江是砂拉越最長的河流，是三百八十英里，最長的這個，在東南亞來講是算很長。以前的拉讓江是真漂亮的，現在已經是不漂亮了，泥土多。所以我寫了那個東西以後，那個杏影先生是當時的主編，他當然也不知道拉讓江在哪裡，他還以為我是在砂拉越就是在拉讓江畔，所以就把我定在拉讓江畔的詩人，後來有人也反對說哪裡是，他根本就不是拉讓江，他才是，某某人才是，那也無所謂了。但是基本上，拉讓江代表砂拉越，是這個意思了。覺得有時候我還是要到拉讓江。最後的一首詩是寫拉讓江環保問題，很值得人家注意。因為拉讓江是達雅民族最多的地方

魏：吳岸先生，我想瞭解一下……比如說李永平，他在對他自己出生的地方的一種認同的時候，那他其實是不承認所謂的馬來西亞，像之前他在臺灣接受訪問的時候，他說他要回來古晉，他都不要繞過這個馬來半島的天空。對，所以他在他的整個記憶裡頭他認同的好像是一個大英帝國的或者說他的婆羅洲的一個童年的記憶。那我其實很想瞭解，我不曉得您方不方便談你自己對於這個馬來西亞這樣子的一個概念跟當初年要加入馬來西亞，我知道當時好像陳老師說他還上街是不是。對，其實很多

人都反對，可是現在其實我覺得在新馬的朋友，我們其實也不是很瞭解這裡的很多長輩的他們的情緒，所以好像有很多浪漫的想象，甚至有朋友說，常常我們說，其實獨立不應該是八月三十一日，應該是九月十六日，那個馬來西亞。可是我覺得，我們在西馬有時候會一廂情願說大家都是，好像都是一個馬來西亞，還是怎麼樣。那我就覺得有很複雜的情緒在裡面，所以我不知道吳岸先生你自己的一個情感，對於當初加入馬來西亞，和你自己的一些想法。

吳：當然，就好像是李永平，李永平以前在古晉，他住在那個（邵里鄉？）那個地方，我的親戚也是住在那邊，他後來的吉陵春秋那本書寫那個地方的，裡面是什麼我都會知道，也有地方性。但是他在臺灣太久了以後，這種距離就越來越遠了。他也基本上好像國際性的藝術家這樣。至於說我們對於本土的這種認同的問題，在政治上應該怎麼處理的話。我個人的看法是，我曾經講過，我們是愛本土的，愛國主義的。但是我們的愛國主義跟政治不是很大的關係。我們是愛這裡的土地，這裡的人民，這裡的歷史，這裡的風俗。政治是變動的東西。哪一個政治對人民有利我們就支持他，但是這個支持也不是把（全心就是）因為他們會變化，為什麼呢？因為現在我們馬來西亞獨立以後，基本上是一個馬來特權的資本主義國家……裡面存在著民族的問題很多，現在馬來人的階級分化，馬來人不滿馬來人的那種貧富比我們華人更厲害。他們階級的矛盾比我們還厲害。這些都是政治上的問題。但是，我們給予我們對人文的這種關

懷，我們給予對人道主義的這種關懷來講，我們從這個大的問題來出發，來考慮就好。就不太去評，跟政治有一定的距離。關係到到底獨立是哪一個年份來講，這個我就覺得不必太過介意去處理了。這個給政治家他們去處理。他就更比我關心政治（指田思），我就沒有太多的這樣的，尤其到後來寫他的是寫那個（趙民福？），以我觀點來講，我就覺得那是一個政治問題。是比較複雜的。是是非非。因為兩方面都不是我們很理想的政治的理想的對象。民聯也好，國陣也好，他們都是代表著一種（國家階級？）來的。所以不大要表示意見。應該是從比較大的方面來看。我們可以關心整個的歷史、現狀，人民的生活更加主要。

衣：你什麼時候開始留鬍鬚啊。照片看起來你很年輕的時候您就留鬍鬚了。

吳：我不敢講為什麼會。因為我的家族裡面沒有人留鬍鬚的。為什麼我有鬍鬚，我也是不知道。但是有一個不成理由的理由。因為在監牢的時候，稍微有一點了，後來出來以後，我就練氣功。後來我中了cancer（癌症）的時候，就練郭林氣功，郭林氣功對於身體的改變沒有太大，抗癌使我恢復健康。後來我學的是道家功，練道家功一般我覺得可能在我們的那個人有一點影響造成後來鬍鬚。以前是有一點鬍鬚，常常要剃，剃到很麻煩，後來就不剃了。現在有時候碰到一些看相的人，他講「你這個絕對不好剃哦」所以就留下來咯。有一點假老假老這樣。有一個婦人家跑來抓住我，弄我的眼睛眉毛，他問我有一百歲嗎？（吳岸拿出小時照片）我小的時候是

這樣。那個時候應該是三歲。還沒有進學校。你看我們的頭髮，後來郭富城就梳這樣的頭髮，我說我們小的時候就梳這樣的頭髮了⋯⋯。

參考文獻Bibliography

吳岸專著

吳岸：《盾上的詩篇》（香港：新月出版社，1962年）

吳岸：《達邦樹禮讚》（吉隆坡：鐵山泥出版有限公司，1982年）

吳岸：《我何曾睡著》（雪蘭莪：鐵山泥出版有限公司，1985年）

吳岸：《到生活中尋找繆斯》（吉隆坡：太平印務有限公司，1987年）

吳岸：《旅者》（砂勞越：砂勞越華文作家協會，1987年）

吳岸：《榴蓮賦》（砂勞越：砂勞越華文作家協會，1991年）

吳岸：《馬華文學的再出發》（砂勞越：馬來西亞華文作家協會，1991年）

吳岸：《九十年代馬華文學展望》（砂勞越：砂勞越華文作家協會，1995年）

吳岸：《生命存檔》（砂勞越：砂勞越華文作家協會，1998年）

丘立基：《砂拉越史話》（砂拉越：黃文彬報業機構，2003年）

吳岸：《堅持與探索》（砂拉越：砂勞越華文作家協會，2004年）

吳岸：《破曉時分》（砂拉越：砂勞越華文作家協會，
　　　2004年）

吳岸：《葛園散草》（新加坡：新加坡青年書局，2005年）

吳岸：《美哉古晉》（砂拉越：砂拉越華文作家協會，
　　　2008年）

吳岸：*Gulombang Rejang*（馬來文譯詩集）（吉隆坡：大馬
　　　譯創會，1988年）

吳岸：*A Tribute To The Tapang Tree*（英譯詩集）（吉隆坡：
　　　大馬譯創會，1989年）

學位論文

黃素華：〈馬華文學的現實主義傳統〉，（廈門：廈門大學
　　　碩士學位論文），2001年5月。

黃羨羨：〈九〇年代馬華文學論爭的一種回顧及反思〉，
　　　（中國：暨南大學碩士學位論文），2007年5月。

黃裕斌：〈砂華文學的在地文化實踐〉，（馬來西亞：博特
　　　拉大學碩士學位論文），2012年9月

肖懌：〈二十世紀二三十年代中國南下的革命作家與南洋
　　　的關係〉，（中國：廈門大學碩士學位論文），2008年
　　　6月。

詹閔旭：〈跨界地方認同政治：李永平小說（1968-1998）
　　　與臺灣鄉土文學脈絡〉，（臺灣：國立清華大學臺灣文
　　　學研究所碩士學位論文，2008年）。

莊薏潔：〈論馬華文學的少數民族書寫〉，（馬來西亞：拉
　　　曼大學中文系碩士學位論文），2011年11月。

鄭志鋒：〈砂拉越華人政治演變研究〉，（中國：福建師範
　　大學碩士學位論文，2003）。

專著、書籍

D.W.佛克馬著，季進、聶友軍譯：《中國文學與蘇聯影響
　　（1956-1960）》（北京：北京大學出版社，2011年）

琳達·諾克林（Linda Nochlin）著，習筱華譯：《寫實主
　　義》（*Realism*）（臺北：遠流出版事業股份有限公
　　司，1998年）

阿君·阿帕杜萊（Arjun Appadurai）著，鄭義愷譯：《消失
　　的現代性：全球化的文化向度》（*Modernity at large:
　　Cultural Dimensions of Globalization*）（臺北：群學出
　　版有限公司，2009年）

安敏成（Marston Anderson）：《現實主義的限制：革命時
　　代的中國小說》（浙江：江蘇人民出版社，2001年）

蔡增聰：《砂拉越華人研究譯文集》（砂拉越：砂拉越華族
　　文化協會，2003年）

陳大為：《思考的圓周率》（馬來西亞：大將出版社，
　　2006年）

陳大為：《最年輕的麒麟：馬華文學在臺灣》（臺灣：國立
　　臺灣文學館，2012年）

陳大為、鐘怡雯主編：《二十世紀臺灣文學專題I：文學思潮
　　與論戰》（臺北：萬卷樓圖書股份有限公司，2006年）

陳大為、鐘怡雯、胡金倫主編：《赤道回聲：馬華文學讀本
　　II》（臺北：萬卷樓圖書股份有限公司，2004年）

陳芳明：《臺灣新文學史》（臺北：聯合文學，2011年）

陳惠玲：《鄉土性・本土化・在地感：臺灣新鄉土小說書寫風貌》（臺北：萬卷樓圖書股份有限公司，2010年）

陳賢茂主編：《海外華文文學史》（福建：鷺江出版社，1999年）

陳琮淵、吳誥賜：《傳承與創新：砂拉越華人社會論述》（砂拉越：砂拉越華族文化協會，2011年）

范銘如：《文學地理：臺灣小說的空間閱讀》（臺北：城邦文化出版，2008年）

方桂香：《新加坡華文現代主義文學運動研究：以新加坡南洋商報副刊《文藝》、《文叢》、《咖啡座》、《窗》和馬來西亞文學雜誌《蕉風月刊》為個案》（新加坡：創意圈出版社，2010年）

高行健：《沒有主義》（香港：天地圖書，2000年）

郭惠芬：《中國南來作者與新馬華文文學1919-1949》（廈門：廈門大學出版社，1999年）

郭良：《貓城・古城古意・情》（砂拉越：砂拉越華族文化協會，1994年）。

郭延禮選注：《秋瑾詩文選》（北京：人民文學出版社，1982年）

何國忠主編：《承襲與抉擇：馬來西亞華人歷史與人物文化篇》（吉隆坡：華社研究中心，2003年）。

黃候興編：《詩評家眼中的吳岸：吳岸詩歌評論集》（北京：中國社會科學院僑聯海外交流中心，1999年）

黃錦樹：《馬華文學：內在中國、語言與文學史》（吉隆坡：華社資料研究中心，1996年）

黃錦樹：《馬華文學與中國性》（臺北：麥田出版，2012年）

黃妃：《反殖時期的砂華文學（1956-1962）》（砂拉越：砂拉越華族文化協會，2002年）

黃萬華：《新馬百年華文小說史》（暨南：山東文藝出版社，1999年）。

柯嘉遜著、楊培根譯：《1969年大馬種族暴亂：513解密文件》，（雪蘭莪：Suaram Komunikasi，2013年）

李思涵：《東南亞華人史》（臺北：五南圖書出版公司，2003年）

李天蔚：《方志學與地方史研究》（北京：南天書局出版，1995年）

李元瑾主編：《新馬印華人：族群關係與國家建構》（新加坡：新加坡亞洲研究學會，2006年）

廖建裕：《東南亞與華人族群研究》（新加坡：新加坡青年書局，2008年）

柳鳴九主編：《二十世紀現實主義》（北京：中國社會科學出版社，1992年）

林春美：《性別與本土：在地的馬華文學論述》（吉隆坡：大將出版社，2009年）

劉育龍：《在權威與偏見之間》（吉隆坡：大馬福聯會暨雪福建會館資助叢書，2003年）

劉子政：《婆羅洲史話》（砂拉越：砂拉越華族文化協會，1997年）

劉子政：《砂拉越散記》（新加坡：青年書局，2005年）

劉子政：《砂拉越史話》（新加坡：青年書局，2005年）

馬夫之：《作家作品研究》（雪蘭莪：雪蘭莪烏魯冷岳興安

會館，1996年）

毛澤東：《毛澤東選集‧第三卷》（北京：人民出版社，
　　　1958年）

潘亞暾：《海外華文文學現狀》（北京：人民文學出版社，
　　　1996年）

潘永強、魏月萍主編：《走近回教政治》（吉隆坡：大將出
　　　版社，2004年）

欽鴻：《海天集》（雪蘭莪：雪蘭莪烏魯冷岳興安會館，
　　　1995年）

饒尚東，田英成：《砂勞越華族研究論文集》（砂拉越：砂
　　　勞越華族文化協會，1992年）

沈慶旺：《哭鄉的圖騰》（砂拉越：詩巫中華文藝社，
　　　1994年）

沈慶旺：《蛻變的山林》（吉隆坡：大將出版社，2007年）

田農：《砂華文學史初稿》（砂拉越：砂羅越華族文化協
　　　會，1995年）

田思：《馬華文學中的環保意識（1989-1999）》（吉隆
　　　坡：大將出版社，2006年）

田思：《田思詩歌自選集》（吉隆坡：大將出版社，2002年）

田思：《找一條共同的芯》（砂拉越：詩巫中華文藝社，
　　　1995年）

王德威：《寫實主義小說的虛構：矛盾、老舍、沈從文》
　　　（上海：復旦大學出版社，2001年）

王賡武：《王賡武自選集》（上海：上海世紀出版集團；上
　　　海教育出版社，2002年）

王嘉良等著：《中國新文學現實主義形態論》（北京：文化

藝術出版社，2002年）

王潤華：《從新華文文學到世界華文文學》（新加坡：潮州
　　八邑會館，1994年）

王潤華：《華文後殖民文學：中國、東南亞的個案研究》
　　（上海：學林出版社，2001年）

王向峰：《現實主義的美學思考》（北京：文化藝術出版
　　社，1988年）

王文勝：《在與思：「十七年文學」現實主義思潮新論》
　　（南京：南京師範大學出版社，2005年）

溫儒敏：《新文學現實主義的流變》（北京：北京大學出版
　　社，2007年）

夏祖焯編著：《近代外國文學思潮》（臺北：聯合文學出版
　　社，2007年）

謝川成：《馬華文學大系：評論（1965－1996）》（柔佛：
　　彩虹出版公司，2004年）

謝詩堅：《中國革命文學影響下的馬華左翼文學》（濱城：
　　馬來西亞檳城韓江學院，2009年）

《現階段的馬華文學運動》（新加坡：南洋大學創作社，
　　1959年）

謝征達、潘碧華、梁慧敏：《首屆方修文學家作品選集
　　2008-2010（文學評論卷）》（新加坡；八方文化創作
　　室，2015年）

許文榮、孫彥莊主編：《馬華文學文本解讀》（吉隆坡：馬
　　來亞大學中文系畢業生協會與馬來亞大學中文系聯合出
　　版，2012年）

許文榮：《南方喧嘩：馬華文學的政治抵抗詩學》（新加

坡：八方文化創作室，2004年）

Tim Cresswell著，徐苔玲、王志弘譯：《地方：記憶、想象與認同》（*Place: a short introduction*）（臺北：群學出版有限公司，2006年）

劉子政著：《砂勞越散記》（新加坡：青年書局，2005年）

楊松年：《新馬華文現代文學史初編》（新加坡：BPL（新加坡）教育出版社，2000年）

楊松年：《戰前新馬文學本地意識的形成與發展》（新加坡：新加坡國立大學中文系與八方文化企業公司聯合出版，2001年）

楊曜遠：《婆羅洲對外條約史（1526-1963）》（砂拉越：砂拉越華族文化協會，2011年）

張光達：《馬華現代詩論：政治性、後現代性與文化屬性》（臺北：秀威資訊科技，2009年）

張錦忠：《馬來西亞華語語系文學》（雪蘭莪：有人出版社，2011年）

張永修、張光達、林春美主編：《辣味馬華文學：九〇年代馬華文學爭論性課題文選》（雪蘭莪：雪蘭莪中華大會堂與馬來西亞留臺校友會聯合總會，2002年）

趙一凡等主編：《西方文論關鍵詞》（北京：外語教學與研究出版社，2006年）

甄供：《生命的延續：吳岸及其作品研究》（吉隆坡：新紀元學院學術研究中心，2004年）

甄供編：《說不盡的吳岸：「吳岸作品國際學術研討會」報道、論文集》（吉隆坡：董教總教育中心，1999年）

鄭慧慈：《伊拉克史：兩河流域的榮與辱》（臺北：三民書

局股份有限公司，2008年）

鐘怡雯：《馬華文學史與浪漫傳統》（臺北：萬卷樓圖書股份有限公司，2009年）

周偉民、唐玲玲合著：《奧斯曼‧阿旺和吳岸比較研究：大馬詩歌創作本土化的個案藝術經驗》（吉隆坡：馬來西亞翻譯與創作協會，1999年）

朱成發：《紅潮：新華左翼文學的文革潮》（新加坡：玲子傳媒私人有限公司，2004年）

朱崇科：《本土性的糾葛：邊緣放逐‧「南洋」虛構‧本土迷思》（臺北：唐山出版社，2004年）

朱崇科：《考古文學「南洋」：新馬華文文學與本土性》（上海：上海三聯書店，2008年）

中文期刊／研討會文章

高嘉謙：〈馬華小說與臺灣文學〉，（吉林：《文藝爭鳴》，第6期，2012）。

郭秋梅：〈秉持與融合：東南亞華人「華人性」的嬗變〉，（廣西：《東南亞縱橫》，2010年9月）。

黃侯興：〈達邦樹禮讚〉，（北京：《友聲》，第4期，2000）。

黃侯興：〈現實主義的深化：兼論詩人吳岸的文化品格〉，（北京：《詩探索》，第2期，1998）。

李輝：〈殘損的微笑：馬來西亞詩人吳岸印象〉，（汕頭：《華文文學》，第3期，1998）。

李麗：〈中國左翼文學思潮對馬華文學的影響〉（北京：

《文藝理論與批評》，第2期，2001）。

林建國：〈有關婆羅洲的兩種說法〉，（臺北：《中外文
學》，第26卷第6期，1998年11月）。

劉小新：〈「黃錦樹現象」與當代馬華文學思潮的嬗變〉，
（福建：《華僑大學學報》，第4期，2000）。

林煜堂：〈砂拉越華人的文明〉，《地方史研究與華人身分
認同學術研討會手冊》，（古晉：砂拉越留臺同學會，
2011年12月）。

邵燕祥：〈讀吳岸〉，（北京：《友聲》，第5期，1998）。

佘禺：〈生長在北婆羅洲的詩歌植物：讀馬來西亞華裔詩人
吳岸的詩〉，（江蘇：《世界華文文學論壇》第3期，
2007）。

孫桂香：〈吳岸：馬華第一詩人〉，（北京：《友聲》，第
6期，1996）。

謝冕：〈沙撈越詩情：讀吳岸〉，（汕頭：《華文文學》，
第3期，1998）。

熊國華：〈詩是生命的延續：論馬來西亞詩人吳岸的他的
詩〉，（廣東：《廣東教育學院學報》，第1期，1999）。

辛金順：〈地景的再現：論吳岸詩中砂拉越的地志書寫〉，
（浙江：《紹興文理學院學報》，第33卷第一期，
2013）。

許文榮：〈馬華文學的弱勢民族書寫：一個文學史的視野〉，
（上海：《中國比較文學》，第1期，2011）。

游俊豪：〈淵源、場域、系統：新華文學史的結構性寫作〉，
（臺北：第二屆亞太華文文學國際學術研討會會前論文
集，2012）。

葉延濱：〈吳岸詩歌解讀〉，（北京：《詩探索》。第2
　　期，1998）。

鐘怡雯：〈從追尋到偽裝：馬華散文的中國圖像〉，（臺
　　北：《中外文學》，第31卷第2期，2002年7月）。

周靖波：〈吳岸詩歌的價值取向〉，（江西：《上饒師專學
　　報》，第5期，1998）。

莊國土：〈從民族主義到愛國主義：1911-1941年間南洋華
　　僑對中國認同的變化〉，（廣東：《中山大學學報》，
　　第40卷第166期，2000）。

英文書目

Anderson Marston, *The Limits of Realism: Chinese Fiction in the
　　Revolutionary Period*, (Berkeley: University of California
　　Press, 1990).

Arif Dirlik, *Culture & History in Post-Revolutionary China:
　　The Perspective of Global Modernity*, (Hong Kong: The
　　Chinese University Press, 2011).

Arjun Appadurai, *Fear of Small Numbers: An Essay on the Geography
　　of Anger*, (Durham: Duke university press, 2006).

Arjun Appadurai, *Modernity at Large: Cultural Dimensions of
　　Globalization*, (London: University of Minnesota Press, 1998).

Benzi Zhang, *Asian Diaspora Poetry in North America*, (London:
　　Rouledge, 2007).

Edited by Arif Dirlik, Guannan Li and Hsiao-pei Yen, *Sociology
　　and Anthropology in Twentieth-Century China: Between*

Universalism and Indigenism, (Hong Kong: The Chinese University Press, 2002).

Edited by Dennis Walder, *Literature in the modern world— critical essay and documents*, (Oxford: Oxford University Press, 2004).

Edited by Dr Wong Yoon Wah and Dr Horst Pastoors, *Chinese Literature in Southeast Asia, 2ⁿᵈ International Conference on the Commonwealth of Chinese Literature: Chinese Literature in Southeast Asia- Research Contributions from the Federal Republic of Germany 15.8.1988-19.8.1988 (Zweite Internationale Konf)*, (Singapore: Goethe-Institut Singapore and the Singapore Association of Writers, 1989) .

Edited by Renato Rosaldo, *Cultural Citizenship in Island Southeast Asia: Nation and Belonging in the Hinterlands,* (London, University of California Press Ltd, 2003)

Edited by Robert L. Winzeler, Indigenous People and the state: Politics, Land, and Ethnicity in the Malayan Peninsula and Borneo, (New Haven, Connecticut: Yale University Southeast Asia Studies, 1997).

George J. Becker, *Document of modern literary realism*, (Princeton, New Jersey: Princeton University Press, 1963.)

Ien Ang, *On not Speaking Chinese: Living between Asia and the West*, (London: Routledge, 2001).

James D. Hart, *The Oxford Companion to American Literature* (Oxford: Oxford University Press, 1996).

Kris Jitab and James Ritchie, *Sarawak Awakens: Taib Mahmud's*

Politics of Development, (Sarawak: Pelanduk Publications (M) Sdn Bhd, 1991).

Pam Morris, *Realism*, (New York: Routledge, 2003).

M.A.R Habib, *Literary Criticism from Plato to the Present*, (UK, West Sussex: Wiley-Blackwell, 2011).

M.G. Dickson, *A Sarawak Anthology: Extracts from the literature on Sarawak*, (London: University of London Press Ltd, 1965).

M.H.Abram, *A Glossary of Literary terms*, (wadsworth: Thomson, 2005).

M. Jocelyn Armstrong, R.Warwick Armstrong and Kent Mulliner (eds.), *Chinese Populations in Contemporary Southeast Asian Societies: Identities, Interdependence and International Influences*, (Surrey: Curzon Press, 2001)

Peter Button, *Configurations of the real in Chinese literary and aesthetic modernity*, (Leidon; Boston: Brill, 2009.)

Peter Childs, *Modernism*, (London, New York, Routledge, 2000).

Peter Brooker and Peter Widdowson, *A Practical Reader In Contemporary Literary Theory*, (England, Harlow, Pearson Education Limited, 1996.)

Raymond Williams, *Culture*, (London: Fontana Press, 1981).

Rene Wellek, Concepts of Criticism, (New Haven and London: Yale University Press, 1973),

R.H.Hickling, *Malaysian Law, An Introduction to the Concept of Law in Malaysia*, (Malaysia, Pelanduk Publications, 2001).

Roman Selden(ed)., *The theory of criticism-From Plato To The*

Present, (England, Longman Group UK Limited, 1988).

Wong Seng Tong, *The impact of China's literary movements on Malaya's vernacular Chinese literature from 1919 to 1941*, (Ann Arbor, Mich, University Microfilms International, 1986.)

英文期刊、文章

Dieter Freundlieb, "oucault and the Study of Literature", (Poetics today, vol.16, no2.)

Faisal S Hazis, "Winds of Change in Sarawak Poiltics? ", (S.Rajaratnam School of International Studies, Singapore, 2011)

Hassan Khader, "Confession Of a Palestinian Returnee" (Journal of Palestine Studies XXVII, no 1 (Autumn 1997), pp.85-95,

Kee Howe Yong, "The Politics and Aesthetics of Place-Names in Sarawak, "Anthropological Quarterly, Vol.80, No1(winter, 2007),

King, Diane E. Back "from the 'Outside': Returnees and Diasporic Imagining in Iraqi Kurdistan". (*IJMS: International Journal on Multicultural Societies*. vol.10, no.2, 2008), pp. 208-222.

Mario Moussa and Ron Scapp, "The Practial Theorizing of Michel Foucault: Politics and Counter Discource", (Cultural Critique, No.33, Spring, 1996), pp. 87-112.

Mary Lousie Pratt, "Arts of the Contact Zone", (Profession, Modern Language Association, 1991), pp.33-40

Yow Cheun Hoe, "Weakening Ties with the Ancestral Homeland in China: The Case Studies of Contemporary Singapore and Malaysian Chinese", (Modern Asian Studies, Vol.39, No.3,Jul.2005), pp. 559-597.

秀威經典　　　　　　語言文學類　PG1842　新視野46

本土的現實主義：
詩人吳岸的文學理念

作　　　者/謝征達
責任編輯/徐佑驊
圖文排版/楊家齊
封面設計/葉力安

出版策劃/秀威經典
發 行 人/宋政坤
法律顧問/毛國樑　律師
印製發行/秀威資訊科技股份有限公司
　　　　114台北市內湖區瑞光路76巷65號1樓
　　　　電話：+886-2-2796-3638　傳真：+886-2-2796-1377
　　　　http://www.showwe.com.tw
劃撥帳號/19563868　戶名：秀威資訊科技股份有限公司
　　　　讀者服務信箱：service@showwe.com.tw
展售門市/國家書店（松江門市）
　　　　104台北市中山區松江路209號1樓
　　　　電話：+886-2-2518-0207　傳真：+886-2-2518-0778
網路訂購/秀威網路書店：http://store.showwe.tw
　　　　國家網路書店：http://www.govbooks.com.tw

2018年2月　BOD一版
定價：320元
版權所有　翻印必究
本書如有缺頁、破損或裝訂錯誤，請寄回更換

國家圖書館出版品預行編目

本土的現實主義：詩人吳岸的文學理念 / 謝征達
　著. -- 一版. -- 臺北市：秀威經典, 2018.02
　　面；　公分
　BOD版
　ISBN 978-986-95667-8-0(平裝)

　1. 吳岸　2. 馬來文學　3. 文學評論

868.7　　　　　　　　　　　　　106025373

讀者回函卡

感謝您購買本書，為提升服務品質，請填妥以下資料，將讀者回函卡直接寄回或傳真本公司，收到您的寶貴意見後，我們會收藏記錄及檢討，謝謝！如您需要了解本公司最新出版書目、購書優惠或企劃活動，歡迎您上網查詢或下載相關資料：http:// www.showwe.com.tw

您購買的書名：＿＿＿＿＿＿＿＿＿＿＿＿＿＿＿＿＿＿＿＿＿＿＿＿

出生日期：＿＿＿＿＿年＿＿＿＿＿月＿＿＿＿＿日

學歷：□高中 (含) 以下　　□大專　　□研究所 (含) 以上

職業：□製造業　□金融業　□資訊業　□軍警　□傳播業　□自由業
　　　□服務業　□公務員　□教職　　□學生　□家管　　□其它＿＿＿

購書地點：□網路書店　□實體書店　□書展　□郵購　□贈閱　□其他

您從何得知本書的消息？

　□網路書店　□實體書店　□網路搜尋　□電子報　□書訊　□雜誌

　□傳播媒體　□親友推薦　□網站推薦　□部落格　□其他＿＿＿＿＿＿

您對本書的評價：(請填代號　1.非常滿意　2.滿意　3.尚可　4.再改進)

　封面設計＿＿＿　版面編排＿＿＿　內容＿＿＿　文／譯筆＿＿＿　價格＿＿＿

讀完書後您覺得：

　□很有收穫　□有收穫　□收穫不多　□沒收穫

對我們的建議：＿＿＿＿＿＿＿＿＿＿＿＿＿＿＿＿＿＿＿＿＿＿＿＿

＿＿＿＿＿＿＿＿＿＿＿＿＿＿＿＿＿＿＿＿＿＿＿＿＿＿＿＿＿＿＿＿

＿＿＿＿＿＿＿＿＿＿＿＿＿＿＿＿＿＿＿＿＿＿＿＿＿＿＿＿＿＿＿＿

＿＿＿＿＿＿＿＿＿＿＿＿＿＿＿＿＿＿＿＿＿＿＿＿＿＿＿＿＿＿＿＿

11466
台北市內湖區瑞光路 76 巷 65 號 1 樓
秀威資訊科技股份有限公司　　　收
BOD 數位出版事業部

....

（請沿線對折寄回，謝謝！）

姓　　名：＿＿＿＿＿＿＿＿　年齡：＿＿＿＿　性別：□女　□男

郵遞區號：□□□□□

地　　址：＿＿＿＿＿＿＿＿＿＿＿＿＿＿＿＿＿＿＿

聯絡電話：(日)＿＿＿＿＿＿＿＿＿(夜)＿＿＿＿＿＿＿＿＿

E-mail：＿＿＿＿＿＿＿＿＿＿＿＿＿＿＿＿＿＿＿